徳 間 文 庫

有栖川有栖選 必読！ Selection 9

後ろ姿の聖像

もしもお前が振り向いたら

笹 沢 左 保

徳 間 書 店

CONTENTS

THE SACRED IMAGE
BACK OF
1981

Design：坂野公一（welle design）

Introduction

有栖川有栖

この作品は「小説現代」の一九八〇年六月号から八月号まで連載され、翌年二月に単行本化される際に編集部の意向で『後ろ姿の聖像』となった。改題の多い笹沢左保のこと、それだけなら珍しくないが、この先がややこしい。

旧題に愛着のあった作者は講談社ノベルス版では連載時の『もしもお前が振り向いたら』に戻し、講談社文庫版もそのタイトルのままとした。が、日本文芸社から二次文庫（日文文庫）を出すにあたっては、『魔の証言』とさらに改題したものだから、日本のどこかに「気がつかずに同じ小説を三冊買ってしまった」という不運な笹沢ファンがいらしたかもしれない。

さて、この作品のタイトルをどう落ち着かせるべきか。作者が気に入っていたらしい元々のものがよいのでは、とも考えたのだが、本作を『後ろ姿の聖像』として認知しているファンも多く、比率にすれば五分五分ぐらいに分かれそうだ。

『もしも』はニュアンスの似たタイトルが他にもあり、『後ろ姿』が捨てがたい。ならば、と前者を後者の副題にした。いきなりくどい業務連絡のようになってしまったが、笹沢作品ならではの事情をお伝えしたかったのでご理解のほどを。

執筆当時、作者はデビュー二十年目。ミステリの寵児《ちょうじ》は股旅ものの〈木枯し紋次郎シリーズ〉で知らない人のいない流行作家となった後も、噴煙が絶えない活火山のごとく旺盛《おうせい》に活動を続けていた。どんな作品を発表していたのか確認すると、驚かされずにいられない。

好評を得た『他殺岬』（七六年）に始まる〈岬シリーズ〉の四作目『逃亡岬』、五作目『愛人岬』の他、『悪魔の部屋』『悪魔の湖畔』で官能サスペンスの新シリーズをスタートさせ、〈姫四郎流れ旅シリーズ〉など時代小説も数多く発表。さらに、会話だけで地の文がない連作短編集『どんでん返し』という実験的なミステリも送り出している。

噴煙だけではなく、笹沢火山は高く火柱を上げた。注目度は〈岬シリーズ〉や〈悪魔シリーズ〉に一歩譲るかもしれないが、この時期に作者が最も手応えを感じたのは『後ろ姿の聖像』ではあるまいか（私の推察だが自信あり）。

読者の期待に応える新作を連打する中で書かれた本作は、企《たくら》みに満ちた本格ミステリで、じっくりと時間をかけて練った作品のようにしか思えない。笹沢左保の一日は何十時間あったのだろうか？

物語の幕が上がるなり、製パン工場の駐車場で他殺死体が発見される。被害者はバーを経営する女性。何人かの容疑者が捜査線上に浮かぶが、部長刑事の荒巻は独自の視点から別の人物に疑いを向ける。

荒巻が自分より若いが階級の高い御影警部補とコンビを組み、容疑者が主張するアリバイの打破に挑むのが「前章」で、章題はすばり「アリバイ崩し」。アリバイ調べのために、刑事は福岡へと飛ぶ。

一九六〇年代、七〇年代の日本でフォーマットとなり、傑作から凡作まで何十作書かれたであろうか、という話の流れだ。お馴染《なじ》みすぎるのでは、と思われそうだが、手練《てだ》れの作者が書くとこのパートもちゃんと面白い。

ところが――真相は荒巻の推理どおりであったか、という時点で物語はまだ半分しか進んでおらず、どうしたことかと読者が訝《いぶか》っているところで衝撃的な事実が明らかになり、「前章」の幕が下りる。

ページをめくれば「中章　再捜査」。捜査をやり直さなくてはならない事態になったが、いったいどういうことなのか？

そんな構成は目次を見ただけで判る。「再捜査」の後に待つのが「後章　真犯人」。作者は「このミステリは二段構えになっていますよ」と事前にアピールしているのだ。不意打ちをするのではなく、予告されて身構えた読者を騙《だま》してみせる、ということである。

では、どうぞ本編へ。作者の掌《てのひら》で転がされる快感が待っています。

1981年 初刊 講談社

後ろ姿の聖像

もしもお前が振り向いたら

BACK OF THE SACRED IMAGE

前章　アリバイ崩し

1

殺人事件の現場は、東京都下調布《ちょうふ》市の染地《そめち》にある製パン工場の駐車場であった。

大手の製パン会社の調布工場だから、敷地や建物、その他の施設もかなりの規模である。

したがって、工場専用の駐車場も広かった。地元の人々も、製パン工場の『大駐車場』という言い方をしていた。

しかし、大駐車場の割りには、そこを利用する車の数が少なかった。工場専用の駐車場なので、従業員のほかには出入りの関係者しか、使うことを許されない。

それでいて、従業員と出入りの関係者全員がそこに車を停めたとしても、駐車場の半分しか埋まらないのであった。

これは、駐車数や利用度を見込んで、それだけの広さを確保したわけではないからである。余裕がありすぎるくらいの敷地内だから、駐車場の面積もたっぷりとってあるということなのだ。

東京二十三区に準ずる調布市であり、東京の郊外として地価の高騰を続けているにしては、贅沢《ぜいたく》な駐車場ということになるだろう。だが、その製パン工場が調布市に進出した二十年前という時期を考えれば、敷地内の余裕は当然のことといえた。

それに、同じ調布市内でも染地というところは、新しく移住してくる人々によって様相を一変させるような土地柄ではなかった。発展や住宅地化することを拒んでいるのではなく、様相が一変しないようにできているのだった。

繁華街や住宅密集地は、北一キロほどのところを走る京王線の沿線寄りにある。染地を走るのは、バスだけであった。南はすぐに、多摩川とその河川敷だった。

狛江《こまえ》市に接する東寄りの部分には、最近になって団地が急増しつつある。染地の中央部には、古くからそこに根をおろしている企業や施設が、土地を手放す必要もなく、不動のままの状態でいた。

繁華街といえるところはなく、住宅地があってもどことなく閑散としている。高層建築物はまったくないし、使途不明の空地も少なくなかった。

まだ巨大な空間が、残っているということになる。自然破壊が徹底されているという感じはしないし、樹木や草の緑も豊富であった。

空が広くて、真夏の陽光が透き通るように明るかった。樹木はどれも古い大木であり、草が多いのは土の部分がかなり残っているからであった。

かつての夏の風物詩というものを知っている人々がこの土地を訪れたら、おそらくむかしの八月の郊外の景観を、懐かしく思い出すのに違いない。

北に、小学校。

東に、中学校。

南に、過去には隆盛を誇った映画の撮影所があるというところに、その製パン工場は位置していた。

工場の西側にある大駐車場は、その日およそ五分の一程度が利用されていた。駐車場にある車の大半が、終日そのまま動かずにいる。

工場の従業員の自家用車が、ほとんどだからである。出勤時間と退社時間にだけ、車の出入りが忙しくなるのであった。昼間のうちは車も動かず、人の出入りも少ない駐車場だった。

その日、八月四日——。

午後三時二十分に、工場関係の業者が大駐車場にライトバンを乗り入れた。

駐車場の大部分は金網で、出入口の左右の部分だけがブロック塀で仕切られている。だが、有料でもないし、その気になれば出入りは自由であり、チェックする係員や守衛もいなかった。

無人の駐車場であった。

駐車中の車はすべて、敷地の奥を埋めている。しかし、その業者はほんの数分ですむ用事で来たので、駐車場の奥のほうまでライトバンを乗り入れる必要はないと思った。

それで、出入口から右折したところに、車を停めたのであった。

地上に降り立ったとき、その男の目に赤い乗用車が映じた。ブロック塀に沿って、二十メートルほどのところに、その真紅のコスモは停めてあった。

駐車中の車はすべて、遠く離れたところにある。そのあたりに停めてあるのは、真紅のコスモ一台だけだった。

手前に五、六本のニッコウ檜葉《ひば》が植えてあって、その茂み越しに鮮やかな赤い車体が見えているのだ。しかも、コスモはブロック塀に向けて、停めてあるのであった。

ただ一台だけ、そこに停めてある。それに、妙な向きで駐車している。そのうえ、ニッコウ檜葉とブロック塀のかげに、隠れているという感じだった。

そうしたことから、業者の男は何となく不審に思ったのである。男はブロック塀に沿って歩き、並んでいるニッコウ檜葉に近づいた。

茂みに目を寄せて、そのあいだから赤いコスモをのぞくようにした。しかし、観察するほどのこともなく、一瞬にして男は逃げ腰になっていた。

運転席の窓が、あいている。

その窓の縁から、人間の首と右腕がドアの外へ垂れていたのである。女であった。窓から首と腕を突き出して、真夏の陽光を浴びながら、昼寝をする人間はいないだろう。

死んでいる。

「わっ！」

男は意味もなく、大きな声を発していた。

その大きな声に驚いて、女が目を覚ますということもなかった。何の反応も、示さない。赤く染めた髪の毛が、風に揺らいでいるだけだった。

男は、工場の事務所へ走った。

製パン工場から一一〇番への通報と、南調布署へ直接の連絡がなされた。五分から十分後に、四台のパトカーが現場に到着した。

南調布署の刑事課捜査一係のメンバーが出動したときには、すでに工場の従業員たちが大駐車場へ飛び出して来ていた。

午後三時半をすぎていたが、まだ夕暮れにはほど遠い。日射しの強さと明るさ、それに暑さも白昼のそれだった。

現場の捜査は、簡単に終わった。

他殺と、断定されたのである。しかも単純な殺人事件、という見方が強かったのだ。被害者の身元もすぐに割れたし、死後日数を経ているというホトケでもなかった。

被害者は、調布市の住民であった。

十津川英子《とつがわえいこ》、三十八歳。

住所は、調布市の深大寺《じんだいじ》町である。

職業はいわゆる水商売で、吉祥寺《きちじょうじ》で『ケイ』というバーを経営している。経営者兼ママということだった。

　真紅のコスモは、被害者が所有する自家用であった。

「このヤマは、本庁の応援を求めるまでもなく、あっさり解決さ」

　荒巻《あらまき》部長刑事が、日焼けした顔に白い歯をのぞかせた。

「そうですかね」

　御影正人《みかげまさと》のほうは、まったく浮かない顔つきでいた。

「犯人《ホシ》の見当も、ついているんだ」

　荒巻部長刑事は、眉をひそめて空を見上げた。

「ほんとうですか」

　御影正人は、大先輩ともいうべき荒巻部長刑事を、見おろすようにした。

　荒巻行男は短軀のうえに肥満型であり、御影正人は身長が一メートル七十七センチあるので、見おろすことになるのはどうにも仕方がなかったのだ。

「わたしは実はね、十日ばかり前からこういうことになるんじゃないかって、何となく気になっていたんだよ」

　荒巻部長刑事は、渋面《じゅうめん》を作ってそう言った。

「それはまた、どうしてなんです」

　御影正人はポケットから、白いハンカチを摑み出した。

「先月の二十四日に、沖圭一郎《おきけいいちろう》が出所したって話を聞かされたからさ」

「出所したって、刑務所をですか」

「うん、甲府刑務所から八年の刑期を終えて出て来やがった」

「すると八年ぶりに、シャバへ出て来たってやつですね」

「そうなんだよ。やつが十日前に出所したって話を耳にしたとき、わたしは危ねえんじゃないかなって思ったんだ」

「危ないとは……」

「お礼参りさ」

「つまり刑務所を出て真っ先に、自分に不利な証言をした人間に報復するという意味のお礼参りですか」

「難しい言い方をするな。要するに、お礼参りだよ」

「甲府刑務所を出所したばかりのその沖圭一郎というのは、いったいどんなヤマを踏んで喰らい込んだんです」

「殺しだ。八年前の有名な作曲家殺しというのを、お前さんは知らないかな」

「八年前ですか」

「お前さんは、まだ二十二だったのか」

「ええ」

「南調布署の外勤だったころか」

「派出所勤務でした」

「それにしたって、覚えていて悪くないことだぞ」

「八年前の作曲家殺しですか」

「流行歌の作曲家で、船田元というんだよ。そいつが作曲した歌謡曲が、次々に大ヒットすることから、大変な売れっ子ぶりだった。その船田元が殺されたんだから、当時のマスコミが大変な騒ぎようで、全国的に知れ渡る事件となった」

「船田元……」

「わたしだって、船田元作曲の当時のヒット曲のいくつかは、未だに覚えているがね。〝夢心地〟とか〝あとになって責めないで〟とか……」

「すみません、歌謡曲というのが大嫌いなもんですから。生まれてからまだ一度も流行歌というものを、興味を持って聞いたり歌ったりしたことがないんです」

「音痴なんだろう」

「それでも、以前に有名な流行歌の作曲家が殺されたって事件があったことは、記憶に残っていますよ」

「当たり前だ。八年前の大事件なら、誰だって覚えている。それを、まるっきり思い出せないっていうんなら、健忘症か外国人だろうよ」

「その八年前の作曲家殺しの犯人が、沖圭一郎という男だったんですね」

「うん。一審判決は懲役八年だったが、控訴はしないで沖圭一郎は、そのまま服役した。事件は目撃者の通報と証言によって、発覚し解決した。そのときの目撃者というのが、十津川英子だったんだよ」

「なるほど……」

「逮捕された沖圭一郎は、目撃者の十津川英子が事件を通報したと聞かされて、凄い見幕で怒りやがった。裏切者め、この礼は必ずさせてもらうぞって、大声で怒鳴ったんだからな」

「沖圭一郎と十津川英子は、知り合いだったんですね」

「親しい仲だったと、いってもいいだろう。それで沖圭一郎が出所したってことを聞いたとき、この礼は必ずするというやつの叫び声を思い出してね。いやな予感ってんだろうな」

「荒巻さんのいやな予感が、的中したというわけですか」

「沖圭一郎が出所して十日後に、こうして十津川英子が殺されたんだ。百パーセント、間違いないだろうよ」

「報復ですか」

「報復だって……？」

荒巻部長刑事は、ジロリという目で御影正人を見やった。

「ええ」

御影正人は、その大先輩の冷ややかな目つきに、何となく圧倒されていた。

「報復だなんて口をきくから、わたしはインテリってのが苦手なんだよ。お前さんも刑事《デカ》なら刑事らしく、お礼参りという言い方をしたらどうなんだ」

日焼けがしみついて真っ黒になった顔を、荒巻部長刑事は苦々しくしかめていた。

「どうも……」

御影正人は、頭を下げた。

「犯人《ホシ》は、わたしが挙げてみせる」

荒巻部長刑事は、地面に落とした目に熱っぽさを加えていた。

いつもの部長刑事《デカチョウ》らしくないと、御影正人は思った。御影正人が知っているこれまでの荒巻行男は、冷静で感情を面《おもて》に表わさない老練刑事であった。

力んだり、意気込んだりの荒巻部長刑事を、御影正人はまだ見たことがなかった。ところが、いまの荒巻行男は、ある種の感情に支配されているようなのだ。

張り切るというよりも、ひどく挑戦的なのである。沖圭一郎という男に対して荒巻部長刑事には、個人的な何かがあるのだろうかと、考えたくなるくらいだった。

大駐車場には、かなりの数の男女の姿があった。遠巻きにして工場の従業員たちが、好奇の目を向けているのだ。これでは工場の作業も、一時中断ということになってしまうだろう。

暑かった。晴れ上がった空は広く青かったし、風も吹いているのだが、直射日光が強いのである。

最近は刑事でも、開衿シャツやワイシャツ一枚というのは少なくなった。真夏であろうと一応ネクタイもしめているし、背広を着ているか手に持っているかだった。

それだけに、なおさら暑くて、汗もひどかった。御影正人も、ハンカチを首筋に押し当てる手の動きを、とめることができずにいた。

そのうえ、これから捜査が始まるというのに、御影正人はまるで浮かない気持ちでいたのである。

2

十津川英子の死体は、死後一時間も経過していないということだった。

死後の経過時間が短いほど、死亡推定時刻も正確に出せるわけで、明日になって判明する解剖結果も変わらないはずであった。

死体発見が午後三時二十分なので、それより一時間前の二時二十分前後が、犯行時間ということになる。

白昼の殺人で、それも屋外における犯行なのである。

頭で考えた場合には、犯人にとって非常に危険な行動であり、困難な犯行というふうにも思える。

深夜の屋内となれば、確かに犯罪は容易であった。無人の世界に等しく、人目に触れずにすむという利点があるからだった。その意味では、昼間の屋外での犯罪となると、障害が多すぎる。

世の中は目覚めていて、大勢の人々が動き回っている。明るいので、遠くからも見通しが利《き》く。したがって、目撃される可能性が強いのである。

しかし、季節や時間、それに場所とやり方によっては、深夜も白昼も変わらないのだ。いや、むしろ盲点をつくということもあって、深夜よりも白昼のほうが安全ともいえるのである。

まさか真っ昼間から堂々と人を殺したりはしないだろうと、世間や人々の警戒心も関心も鈍化している。実はこれが、盲点というものなのであった。

季節は真夏であり、猛暑の日々が続いている。目的がない限り、外出はしたくない。用がなければ家の中に引きこもっているか、冷房の利いた建物の外へは出まいとする。少なくとも、炎天下は無人の世界になりやすかった。

午後の二、三時ともなれば、なおさらのことであった。樹木さえ生気を失い、眠たそうにしている。人間にしても、同じだった。世間全体が、午睡のときを迎えたように、弛《たる》みきっている。

近くにある小学校も中学校も夏休み中で、校庭には人影のひとつさえ落ちてない。地方の海や山に涼を求めて、大都会から人々が姿を消す季節であった。

東京の人口が一時的にだが、驚くほど減少するときである。ましてや、大勢の人間が集まってくるような施設も、住宅の密集地もない郊外なのであった。

白昼夢でも見ているように、明るいだけで動くものもない道が、静寂の中に続いている。従業員が出てくるはずもない工場の午後の大駐車場は無人であり、そこは出入りも自由な別世界なのだ。誰に見咎《みとが》められることもなく、赤いコスモは大駐車場の中に滑り込んだのだ。

自動車という密室内に、加害者と被害者だけがいる。一台だけ遠く離れたところに停めた車の中は、屋内と少しも変わらなかった。そのうえブロック塀と、ニッコウ檜葉《ひば》という遮蔽《しゃへい》物があった。

こうした状況下で、殺人は遂行された。無茶とか大胆とかいうよりも、安全度を計算した計画的な白昼の犯行と、見なければならなかった。

絞殺であった。

凶器はビニール製のロープと、推定された。ロープそのものがそっくりビニール製なのか、あるいは繊維製品のロープにビニールがかぶせてあったものか、そこまでの判別はつかなかった。

要するに、家庭用品としてどこにでもあるビニール製のロープを、被害者の首に二重か三重に巻きつけて絞殺したものと、推定されたのである。

凶器として使ったロープを、犯人は持ち去っている。用意して来た凶器を、使用後に持ち去ったのだ。

それに車内からは、被害者以外の指紋は検出されなかったし、タバコの吸殻にしても同様であった。

計画的な犯行である。

十津川英子は、白地に花柄模様のワンピースを着ていた。かなりの厚化粧だし、髪の毛を下品に赤く染めている。顔立ちは悪くないのだが、肌がきたなかった。

かつての美人、ということになるだろう。身体も太り気味で、肉の弛《たる》みを気にし始める年齢に相応《ふさわ》しかった。十津川英子の肌の不潔感は、一般の家庭の主婦には見られないものだった。

盗まれたものは、ないと判断してよさそうである。バッグの中身は財布と小銭入れ、それに化粧用具などで、女には共通の持ち物であった。

財布には二十万円ほどの現金が、そっくり残っていた。首にかけた金鎖も、左手の時価三百万円相当のダイヤの指輪も、奪われてはいなかった。

もちろん、強盗殺人ではない。金欲しさ、あるいは盗みが目的の犯行ではないのだ。殺人の動機は痴情怨恨、その他ということになる。

十津川英子は、調布市の深大寺町に住んでいた。借家だが、一戸建ての住まいである。家族はなく、ひとり暮らしだった。家事はいっさい、通いの家政婦に任《まか》せっぱなしであった。

その家政婦も、午前十時から午後三時までのパートである。

夜の商売だから、十津川英子の朝は遅い。午後一時までは、寝室から出てこない。だが、今日は午前十時に、起き出して来た。月曜日だったからである、毎週月曜日に限り、午前十時に起床する。

前日が日曜日で、店を休むことになる。人並みの時間に寝るので、月曜日の朝も早いわけだった。早いといっても朝寝坊の習慣から、起きるのは午前十時になってしまう。

家政婦の話によると、電話がかかって十津川英子は出かけることになったらしい。その電話がかかったのは、十二時三十分であった。

いつもなら、家政婦が電話に出るところだった。だが、今日はとっくに起きていたので、当人が直接、送受器を手にしたのである。そのために、誰からどのような電話がかかったのか、家政婦にはわからないということであった。

とにかく、十津川英子はその電話を切ったあと、急に機嫌がよくなったという。昼食のヒヤムギをすすりながら、十津川英子としては珍しくお世辞めいた褒《ほ》め言葉を、家政婦に投げかけたりした。

食事がすむと、着換えであった。鼻唄まじりに十津川英子は、白地に花柄模様のワンピースをまとった。それから二十分ほど鏡の前にすわって、厚化粧に専念した。

十津川英子が家を出たのは、午後一時三十分であった。呼び出しあるいは誘いの電話がかかって、丁度一時間後のことである。もちろん家政婦には、行く先について告げていない。

「お帰りは……」

念のために、家政婦は帰りの時間だけを確かめた。家政婦は、三時までしかいないのである。それで、英子の帰りが三時前か、それとも三時すぎになるかを、知っておきたかったのだ。

「そうね。二時間ぐらいで戻ると思うの。でも、三時になったら、いつものようにどうぞ」

十津川英子は、そのように答えた。

英子は、自分の車で出かけた。彼女がどこで、電話の相手と落ち合ったかは、明確にわかっていない。だが、有力な情報が、二つだけあった。

ひとつは、京王線の調布駅の南口に、赤毛の女が運転席にいる赤いコスモが停まっていたという情報である。それを見たのは、南口の駅前派出所にいた警官だった。

その車に気がついたのは、午後一時五十分ごろだが、警官はただそれを見たというだけのことであった。赤いコスモが何分間そこに停車していて、いつ走り去ったかということには、警官も関心を持っていなかった。

もうひとつの情報は、タクシーの運転手から提供されたものだった。そのタクシーの運転手は午後二時ごろ、染地のすぐ北の国領《こくりょう》町の路上で、赤いコスモとすれ違ったというのである。

一瞬のうちにではあったが、赤い髪の毛の女が運転するコスモで、助手席にはサン・グラスをかけた男が乗っているのを、タクシーの運転手は見て取ったという。

すれ違っただけの車だし、当然それ以上のことはわからない。助手席にいた男にしても、サン・グラスをかけているというだけで、年齢や人相についてはタクシーの運転手の記憶に残っていないのである。

髪を赤く染めて厚化粧をした女が運転する赤いコスモというと、かなり目立ちそうなものだった。だが、有力な情報となると、その二件のほかにはなかった。

十津川英子は深大寺町の自宅から、京王線の調布駅の南口へ直行したらしい。電話の相手とはそこで落ち合おうと、約束したものと思われる。

電話の相手は、男だったと考えて間違いない。

その男は京王線の電車を利用して、調布まで来たのだろう。そして、午後一時五十分をいくらかすぎたころに、男は調布駅の南口に姿を現わし、十津川英子の車の助手席に乗り込んだ。

赤いコスモはすぐにスタートして、染地方面へ向かったのである。その結果、染地の北の国領町の路上で、タクシーとすれ違うことになったのだ。

それが午後二時だったとすれば、五、六分後にはもう製パン工場の大駐車場に、コスモを乗り入れていたということになる。それはおそらく、同乗の男の指示によるものだったのだろう。

ブロック塀とニッコウ檜葉が目隠しとなっているところを、停車位置に定めたのも多分、十津川英子が男の指示に従ってのことだったに違いない。

談笑しながら男は、用意して来たロープを取り出す。

十津川英子が顔を窓の外へ向けたその瞬間を狙って、男は背後から彼女の首にロープをかけて一気に引き絞る。

十津川英子は、失神状態となる。

男は更にロープを、彼女の首に二重三重に回す。

十津川英子が完全に絶息するまで、男は締め上げる。

五分もそうしていれば、十津川英子は間違いなく絶命する。

犯行を終えて、男は車から出る。

最初から男は指紋を残さないように、細心の注意を払っていたはずである。それでも、やむなく手を触れてしまうところが少なくない。男はその場所を記憶していて、指紋を拭き取ったのだろう。

男は何食わぬ顔で、駐車場を出て行く。たとえ空車のタクシーが通りかかっても、男はそれを停めたりしなかった。炎天下の不快感に耐えながら、男は徒歩で最寄りの駅へ向かった。

製パン工場から北へ千五百メートルほど歩けば、京王線の国領駅がある。その国領駅から、男は京王線の電車に乗ったのだ。

最近の犯罪には、足として車がよく使われる。一見、機動力に富んでいるようだが、捜査する側にとっては、車を使ってくれたほうが、手がかりや足どりを摑む点では好都合なのである。

最も足どりが摑みにくいのは、自家用車もタクシーも使わずに、犯人が自分の足と電車、バスなどを利用した場合なのだ。

この男も、そうであった。

調布駅まで電車で来て、それから先は被害者の車に同乗している。犯行後は現場から徒歩で最寄りの駅へ向かい、電車に乗り込んだものと思われる。

そうなると、この男がどこから来て、どこへ去ったか、という足どりを摑むことは絶対に不可能である。

目撃者も、ゼロであった。

犯人は男であり、サン・グラスをかけていた。わかっているのはそれだけで、年齢、身長などの特徴、人相風体、言葉のナマリ、それに声と、いっさいが不明なのだ。

これでは雲を摑むような話で、犯人像の描きようもない。サン・グラスをかけた男というだけでは、透明人間も変わらないのである。

以上が、南調布署に捜査本部が設けられての第一回目の捜査会議で、報告された『被害者及び加害者に関する資料』の内容であった。

警視庁捜査一課から来援の七人の刑事に加えて、所轄の南調布署捜査一係のメンバー七人も、捜査会議に顔を揃えていた。

捜査会議は最初から、熱気と活気に欠けていた。この事件の捜査は難航するという予感が、刑事たちの胸のうちに芽生えていたからだった。

被害者の状況については、特に難しいことも問題もない。むしろ単純で、はっきりしすぎているくらいである。

被害者の身元、死亡推定時刻すなわち犯行時刻、絞殺による窒息死という死因、犯行現場とすべてが明らかなのだ。

だが、犯人に関してはということになると、対照的に手がかりがなさすぎる。

犯人は男であり、被害者とは顔見知りである。被害者を電話で呼び出しているし、車に同乗して人気《ひとけ》のない場所へ誘導できたのだから、かなり親しい間柄にあった男と思われる。

犯人についていえることは、これしかないのである。

刑事たちは、沈黙を守っていた。質問のしようがないから、無言でいるという感じだった。刑事たちは揃って、釈然としない気持ちから、何かほかのことを考えているという顔つきでいた。

しかし、ただひとりだけ、例外ともいうべき刑事がいた。結果はわかりきっているというように薄ら笑いを浮かべて、自信たっぷりに腕を組んでいる荒巻行男部長刑事であった。

3

御影正人はしきりと、右手の小指の爪を嚙んでいた。

爪はまったく、伸びていなかった。定期的にちゃんと切っているし、そのうえ爪を嚙む癖があるので、伸びる暇がないのである。それでも御影正人は、何とか歯のあいだに爪をはさみ込んでいる。

何か余計なことが、頭の中で堂々めぐりを続けている。神経が、集中できない。うわの空でいて、思索がまとまらない。誰が喋っていても、話が耳にはいってこない。

そういうときに、右手の小指の爪を嚙むのが、御影正人の癖であった。

いまも落ち着かない気持ちで、彼は爪を嚙んでいたのだ。今日は昼間から、事件現場にいても、御影正人は何とも浮かない顔つきでいた。

原因は、わかっている。

宝クジなのだ。

先月、御影正人は生まれて初めて、宝クジというものを買ってみた。とはいっても、たったの一枚だけであった。

義姉にすすめられて、講釈を聞いているのが面倒だからと、一枚だけ買ったのである。

義姉の説明によると、『関中東自治宝クジ』というものだった。

関東、中部、東北地方の自治クジということらしい。どうでもよかったが、御影正人は買った宝クジの番号だけは、何となく記憶に刻み込んでおいた。

だが、それも日がたつにつれて、うろ覚えということになっていった。

先月の末に、宝クジの当選発表があった。新聞に載った当選番号を見ているうちに、記憶に残っているのと一致するナンバーにぶつかった。

　御影正人は、興奮するほど驚いた。もし記憶が正しいとすれば、彼が買った一枚の宝クジは、賞金五十万円の番号に該当するのであった。

　五十万円というのは、御影正人にとってほかには考えられない莫大な臨時収入だった。しかも、生まれて初めてたった一枚の宝クジを買っただけで、ちょっとした大金が転がり込むのである。

　御影正人は半ば信じられない気持ちで、買った宝クジの番号と照合しようと、札入れを取り出した。札入れの内側のポケットに、宝クジだけがはさみ込んであるはずだったのだ。

　しかし、御影正人の目は、宝クジを捉《とら》えることができなかった。札入れの小さなポケットに、宝クジははさみ込まれていなかったのである。

　御影正人は慌てて、札入れの中の現金や名刺などを残らず引っ張り出した。札入れを、逆さにして振ってみた。だが、宝クジはついに、見つからなかった。

　ほかの場所にしまったということは、絶対にあり得ないのである。買ったときから宝クジは、札入れの内ポケットにはさみ込んだままだったのだ。

　札入れを取り出したり、金を抜き取ったりしたときに、落としたということは考えられなかった。宝クジが舞い落ちれば、すぐに気がつく。

　それに、札入れの内ポケットに深く差し込んである宝クジが、手も触れないのに抜け落ちるはずはない。もちろん誰かが、抜き取ったということもあり得ない。

ただ三日ほど前に彼自身が、その宝クジを手にして眺めやったことがある。そのときも宝クジをすぐ札入れのポケットに戻したつもりだったが、あるいはしまい忘れたということも考えられる。

御影正人は念のために、自分の部屋のテーブルの下や屑カゴの中を捜してみた。しかし、二日に一度は義姉が掃除している部屋だし、その辺に宝クジが落ちていれば、彼女の目に触れないはずはない。

宝クジは、消えてしまった。どこを捜しても、発見できなかったのだ。彼としてはそんなことで騒ぎ立てるのはみっともない、という気持ちがあって、家族たちにも言うに言えない心境だった。

記憶は絶対に正しいという自信もないし、間違いなく五十万円の当選クジだと断言はできない。仮に当選していたとしても、宝クジそのものがなければ、五十万円はもらえないのである。

当選番号に近いけれども、ハズレだったと思えばいい。あるいは、五十万円に当選したという夢を見たことにしようと、御影正人はみずからを慰めて、何とか諦めることにした。

そうするより、仕方がなかったのである。だが、物事を割り切るように、そう簡単には諦められなかった。諦められないから、忘れることもできない。

五十万円の宝クジに、当たったたのだ。

五十万円が、この手にはいるはずだったのだ。

五十万円もあったら、それをどのように使うだろうか。

五十万円——残念だ。

と、どうしても未練が残るし、そのことが頭から離れない。何をしていても、いつの間にか宝クジのことへ心が移っている。そのために、浮かない気持ちになってしまう。鬱々としていて、胸のうちが晴れないのであった。今月にはいってから四日間、そうした状態が続いているのである。

「したがって、当面の捜査方針としては……」

と、重々しい声が、御影正人の耳に飛び込んで来た。

その必要もないのに、御影正人はハッとなっていた。彼は爪を噛むのをやめて、そっと右手を引っ込めた。

現実に引き戻されると同時に、余計なことを考えている場合ではないと、御影正人は気をとり直していた。

御影正人は、声の主に注目した。

黒板の前に立っているのは南調布署の署長であった。南調布署長が、今回の殺人事件の捜査本部長になっているのだ。

「被害者の交遊関係を徹底的に洗うとともに、特に被害者と親しい間柄にあった男に、捜査の重点を絞ることとしたい」

　そのように言葉を続けたあと、捜査本部長の南調布署長は着席した。

　それと替わって、捜査主任が立ち上がった。捜査主任は、警視庁捜査一課の岡戸という警部だった。捜査一課から動員された岡戸班の七人の刑事のチーフ、ということにもなるのだ。

「現時点において判明していることは、ここにあるとおりです」

　岡戸捜査主任は黒板に記されている文字を指さした。

　黒板には、被害者の経歴が書いてある。そのほかに、三行に書き分けられた文字があった。

　電話魔。

　大出次彦《おおいでつぐひこ》　三十九歳。

　砂川多喜夫《すながわたきお》　五十歳。

　三行の文字は、このように読めた。二人の男の名前は理解できるが、『電話魔』ということの意味がよくわからなかった。

「この男子二名は、被害者と最も親しい関係にある者です。同時にまたこの両名には、十津川英子を殺すだけの動機が、まったくないとは言いきれません」

　岡戸捜査主任はそう前置きして、まず十津川英子の経歴についての説明を始めた。

「おそらく、みなさんの記憶にはないと思いますが、十津川英子の過去には流行歌手だったという経歴があります。十津川英子は二十代前半を、岬恵子という芸名で歌手として過ごしたわけです」

岡戸捜査主任は、表情を動かさずに言った。

聞いている刑事たちのあいだにも、反応は起こらなかった。有名な芸能人という過去があるのだとしたら、それなりに反応もあり、ざわめきが広がったに違いない。

だが、ひとりとして岬恵子という歌手の名前を、記憶している者はいなかったのである。

それで刑事たちも、そうした被害者の経歴を無視したのであった。

岡戸捜査主任の説明によると、十津川英子の過去の経歴は次のとおりであった。

長野県生まれ。

ひとりっ子で、兄弟なし。

十八歳のときに歌手を志望して上京、作曲家の船田元に師事する。

二十歳で歌手としてデビュー、『ペンギン・レコード』専属となる。だが、デビュー作のレコードは、ほとんど売れなかった。

その後も鳴かず飛ばずで、二曲ほど流行しかけた歌もあったが、ヒット作には至らなかった。

七年間を前座歌手、地方回りの歌手として過ごしたが、ついに芽が出ることはなく、自然引退というかたちで芸能界を去る。

同時に、銀座のクラブのホステスになる。岬恵子こと十津川英子は、すでに二十七歳になっていた。

この年に、父親が病死。

二十九歳で、銀座のクラブの雇われママとなる。

だが、一年後には経営状態が悪くなり、クラブは休業、十津川英子は解雇された。

そのころ、十津川英子は東京で、オスカル・ロメロというブラジル国籍の男と知り合い、結婚することになる。

三十歳で十津川英子はブラジル永住を決意し、オスカル・ロメロとともに日本を去ったのである。

母親は、千葉市に住む親戚の家に預けた。その母親は、四年後に病死する。

ブラジルにおける十津川英子の第二の人生も、結果的には悲劇に終わることになる。オスカル・ロメロとの結婚生活も、六年間しか続かなかった。

オスカル・ロメロは十津川英子が妊娠しないことを理由に、彼女を厭《いと》うようになり、やがて離婚という破局を迎えたのである。

一昨年の春に十津川英子は、ほとんど無一文という状態で、ひとり帰国したのであった。

それから半年後に十津川英子は、調布市深大寺に家を借り、吉祥寺にバー『ケイ』を開店、そこの経営者兼ママとなったのである。

若かったころの十津川英子は、女優にしたいほどの華やかな美貌の持ち主だったという。十津川英子がまがりなりにも、岬恵子という歌手としてデビューできたのも、七年間の地方回りを続けられたことも、銀座のホステスや雇われママが勤まったのも、その美貌のおかげだった。

それでいて十津川英子ほど、ツキに見放された女は珍しいのである。薄倖の美女というほど、ロマンチックなものではない。図太く逞しく現実的に生きながら、美人であるがゆえに不幸と不運につきまとわれた女の一生というべきだろう。

歌手。

銀座のホステスと雇われママ。

そして、結婚。

そのすべてが失敗に終わり、何をやってもうまくはいかなかった。しかも、最後には殺されるという悲惨なかたちで、三十八年の生涯の幕を閉じたのである。

当人はそう意識していなかったようだが、孤独と徒労しかなかった人生なのだ。華やかな過去があるだけに、その転落ぶりが哀れであった。

それでもなお十津川英子は、獲ち得ない栄光への夢を過去に見ていたのか、吉祥寺のバーの店名を岬恵子から取って、『ケイ』としているのである。

その『ケイ』にしても、繁盛していたわけではないらしい。まあ何とかやっている、という経営状態だったのだ。共同経営者がいなければ、『ケイ』も遅かれ早かれ休業へと、追いつめられるところだったという。

共同経営者というのは砂川多喜夫で、本業は貸しビル業であった。五十歳で、もちろん妻子がある。砂川多喜夫はかつて、十津川英子が銀座のクラブの雇われママだったころに、熱くなって通いつめ、彼女と深い仲になったのだ。

十津川英子は帰国後、砂川多喜夫に再会して、彼の援助を乞うようになった。援助を乞うというよりも、援助を強制していたらしい。砂川多喜夫のほうも過去の経緯《いきさつ》と、十津川英子との関係を復活させたことが弱みとなり、彼女の要求を無視できなかったようである。

砂川多喜夫は名目だけの共同経営者にさせられて、『ケイ』のために出資したり回転資金や赤字の穴埋めをしたりで、十津川英子のために苦労が絶えなかった。

砂川多喜夫は逃げ腰になっていて、機会があったら絶縁しようとそのときを狙っていたが、十津川英子がそれを許さなかったようである。砂川多喜夫は親しい友人に、何とかして彼女と手を切りたいと、毎度のように愚痴をこぼしていたという。

最近になって、十津川英子との関係が妻の知るところとなり、そのために砂川多喜夫は家庭の平和を失ってしまった。経済的負担も、重くなる一方である。砂川多喜夫は物心ともに、十津川英子による被害が甚大だったのだ。

もし十津川英子がダニのように食いついて離れないというのであれば、強硬手段に訴えてでもと砂川多喜夫は、心理的に追いつめられていたはずである。砂川多喜夫にとって十津川英子は、このうえない邪魔者だったのだ。

十津川英子の死は、砂川多喜夫を喜ばせたのに違いない。つまり砂川多喜夫が、十津川を殺したとしても、おかしくはないのであった。

砂川多喜夫には、十津川英子を殺す動機がある。

それに、砂川多喜夫からの呼び出しの電話であれば、十津川英子は二つ返事で応ずるだろうし、彼の指示に従ってどこへでも車を走らせたはずだった。

4

砂川多喜夫が十津川英子に愛想尽かしをした理由のひとつに、彼女には本物の愛人がいるということもあったのである。

その愛人には英子のほうも、かなり情熱的になっているということまで、砂川多喜夫は承知していたのだった。

砂川はそのことで嫉妬したり、英子を責めたりはしなかった。その代わりに砂川は、ほかに男がいるのに何もそこまで自分が利用されることはない、責任も義務もない、無罪放免となるのが当然、という気持ちにさせられていたのだ。

十津川英子のほんとうの愛人――。

それが大出次彦、三十九歳であった。

大出次彦は紳士であり、社会的信用も認められている男だった。大出次彦は、保守党である『民主クラブ』の有力代議士、小早川武市の私設秘書である。小早川武市の秘書を、すでに十二年も続けているという。

大出次彦はおそらく一生を、小早川武市のために費すだろうと言われているほど、忠実な秘書だったのだ。小早川武市のほうも政治家である限り、大出次彦という若き大番頭を欠かすわけにはいかないとされている。

大出次彦はたまたま、吉祥寺のバー『ケイ』の客になったことから、十津川英子と知り合った。一年ばかり前のことだった。大出次彦の自宅が吉祥寺にあるので、帰宅の途中にバー『ケイ』に何気なく寄ったということであった。

ところが、ひと目惚れというやつで、英子が大出次彦に付きっきりの大歓待をした。以来、大出次彦は『ケイ』にしばしば顔を出すようになり、間もなくママの大事な常連客となった。

英子は大出次彦に夢中になってしまい、男と女になるように積極的に働きかけた。その情熱に圧倒されたというか、情にほだされたというか、何事にも慎重な紳士であった大出次彦も、英子の誘いに引きずり込まれたのである。

大出次彦には経済的負担という意味で、いっさい迷惑をかけない英子だったが、その分だけ本気になった女の独占欲が強かった。英子は彼を呼び寄せるためには、どこへでも電話をかけた。

小早川武市の事務所だろうと、議員会館だろうとお構いなしであった。大出が三日も連絡しなかったら、もう英子は必死になって捜し回る。

週に二回はベッドをともにすることを、大出次彦は義務づけられることになった。小早川武市と妻の手前、大出は外泊することができなかった。

やむなく大出は早朝に家を出て、調布市の英子の住まいに寄り、彼女のセックスを満足させてから出勤した。それは肉体的にはもとより、気持ちのうえでもかなりの重荷になった。

英子から遠ざかろうとすれば、ありとあらゆるところへ、一日に何度となく電話をかけてくる。心身の疲れと神経の消耗に、大出次彦はすっかり参っていた。

一ヵ月前になって、更にまずい結果を招いてしまった。英子からのたび重なる電話によって、大出に愛人がいることを小早川武市に察知されたのだ。

小早川武市に詰問されて、大出次彦は英子との関係について打ち明けた。

話を聞いて小早川武市は、即座にその女と手を切るようにと大出に命じた。

今年の十一月には、参議院選挙がある。

すでに候補者たちは事前の活動にはいっており、実質的な選挙戦が始まっているのだった。

小早川武市は衆議院議員であり、個人的には参議院選挙に関係がない。しかし、小早川武市は民主クラブの選挙対策委員長であり、今年の秋の参議院選挙の最高責任者でもあった。

保守党でありながら野党の立場におかれている民主クラブは、ここ数年間の選挙でジリ貧状態を続けている。今回の参議院選挙では、是が非でも勝たなければならない。

選対委員長の責任は重かった。

選挙にマイナスになるような材料は、どんなに些細《ささい》なことでも見逃すわけにはいかないのである。

小早川選対委員長の大番頭ということになっている私設秘書が、愛人問題でトラブルを起こしたなどと怪文書が流されて、マスコミに取り上げられただけでも、民主クラブのイメージ・ダウンにつながるかもしれない。

そうしたことまで、細心の注意を払っていた小早川武市だけに、大出次彦のスキャンダラスな行動を恐れたのであった。

「そういう女こそ、何よりも怖いといえる。いざとなったら、どんなことをするかわからない。いまのうちに手切金を払って、その女との関係を清算するんだ」

小早川武市は、そう大出に厳命した。ほかならぬ大出のことでもあり、小早川はただ命令するだけではなかった。これを手切金代わりに女にくれてやれと、小早川武市は大出次彦に三百万円のダイヤの指輪を与えた。

さっそく大出は英子に会って、関係を続けることができなくなったので、これを手切金代わりにプレゼントするからと、ダイヤの指輪を渡した。

英子は、指輪だけは受け取った。

だが、別れ話には、頑として応じなかった。

もし大出が逃げるのであれば、とことん追い詰めてやる。あちこちに電話をかけて、これまで以上に騒ぎ立ててやる。場合によっては奥さんと対決してもいいと、英子は青い顔をして言い張るのだった。

大出には、どうすることもできなかった。英子には逆らえないし、小早川武市の命令は守らなければならない。大出は窮地に、追いやられたのであった。

以上のように、大出次彦にも十津川英子を殺すのに、充分すぎるくらいの動機がある。また大出に誘われれば、どんなことでも英子は嬉々としてそれに従うはずだった。

「十津川英子は、それがまるで趣味みたいに、電話をよくかけていたということであります。電話でお喋りするのが好きなのか、あるいはそれだけ電話による用事が多かったのか、その辺のことはよくわかりませんが、十津川英子を称して〝電話魔〟という者もいたようであります」

岡戸捜査主任は、最後に『電話魔』について触れた。

英子は自宅にいて起きている時間の約三分の二を、電話でのやりとりによって費していたというのである。

英子のところへかかってくる電話は、特に多いほうではなかった。ほとんどが、彼女のほうからかける電話なのだ。短い電話もあるし、一時間ぐらい喋っていることもあった。

英子はそれらの電話を、すべて寝室に切り替えてかけることにしていた。その間の英子は、寝室に引きこもったきりである。そのために家政婦には、英子が誰に電話をかけて何を喋っているのか、まったくわからなかったという。

「毎日、暇さえあれば電話をかけていたというのだから、まさか常におなじ相手だったとは考えられません。大勢の相手に、電話をかけていたものと思われます。つまり、それだけ十津川英子には、多くの友人知人がいたということになります」

そのように説明を結びながら、岡戸捜査主任は自分の席に戻った。

うなずく刑事たちの顔が、いくつかあった。

「現在のところ、被害者と特に親しい関係にあったと思われるのは砂川多喜夫、それに大出次彦の両名であります。しかし、いま説明したとおり、電話魔になり得たほど被害者には多くの友人知人がいたものと、見なければなりません。当然、その中には十津川英子を殺害するにたる動機を持つ者も、何人かいるという考え方もできるわけです。そこで、明日からの当面の捜査対象として、半数は砂川多喜夫及び大出次彦に当たり、あとの半数は被害者の大勢の友人知人をシラミつぶしに当たってみるということで、全力を尽くしてもらいたいのであります」

それを結論としての捜査方針にすることを告げて、岡戸捜査主任は全員の顔を見渡した。依然として、質問する者も反論する刑事もいなかった。方法はそれしかないだろうというふうに、刑事たちの大半が手帳を閉じたり、それをポケットにしまったりした。活発な意見の交換もないままに、捜査会議は終わろうとしていた。あとに残されていることは人数の割り振り、分担の取り決めという事務的な手続きだけであった。

御影正人はまた、無意識のうちに右手の小指の爪を噛み始めていた。

分担の取り決めは、どうなるのか。

宝クジは、どこに消えたのか――。

明日は早朝から、行動開始だ。

五十万円――。

まったく異質な思考の断片が、交互に御影正人の頭をかすめた。

そのうちに、それらの断片が堂々めぐりを始めて、何も考えていないのと同じ状態となり、ぼんやりしてしまうのである。御影正人は、爪を噛み続けていた。

「主任……！」

不意に、大きな声が沈黙を破った。

またしてもハッとなって、御影正人は爪を噛むのをやめていた。隣り合わせの席にいる荒巻行男が発言を求めたことで御影正人の驚きはいっそう衝撃的だったのだ。

「何かありますか」

岡戸捜査主任が、乗り出すようにして訊いた。

「お願いがあります」

手を挙げたままで、荒巻部長刑事は言った。

「どうぞ……」

岡戸捜査主任が、浅くうなずいた。

「わたしに独自の行動をとることを、お許し願いたいのであります」

そう発言してから、荒巻部長刑事は立ち上がった。

捜査会議に加わっている全員が、荒巻部長刑事に視線を集めた。

御影正人も、荒巻部長刑事を見上げていた。

「独自の行動とは……？」

岡戸捜査主任は、眉根を寄せた。

「捜査方針に逆らったり、不服だったりという気持ちは毛頭ありません。ただ今回の事件の犯人について、わたしには確信があるといえるくらいの心当たりがあります。それで是非とも、わたしに独自の捜査を行うことを、お許し頂きたいんです」

荒巻部長刑事は、熱っぽい口調で言った。厳しい表情でもあった。

捜査会議の席に、初めて反応が起こった。ざわめきこそ広がらなかったが、刑事たちは声なき声を荒巻部長刑事に投げかけていた。岡戸捜査主任も黙って、荒巻部長刑事の顔を見据えている。

荒巻行男、五十二歳。

本庁捜査一課に在籍したことはないが、刑事生活三十年という大ベテランである。雪谷署、城西署、経堂署、そして南調布署と勤務先は変わったが、所属はいずれも刑事課捜査一係だった。

殺人強盗など凶悪な犯罪の捜査一筋に打ち込んで来たわけで、古いタイプではあったが根っからの刑事であった。彼の自宅には、警視総監賞をはじめとする多くの表彰状が、額に入れて飾ってある。

警視庁管内の捜査官のあいだでは、一目おくという意味で荒巻行男の名前はよく知られている。また、それだけの実績と貫禄を、持っている荒巻行男だったのだ。

荒巻行男だからこそ、本庁捜査一課の面々を目の前にして、そうした大胆な発言もできるのであった。刑事たち全員が、荒巻行男に注目してその意見に耳を傾けようという気にも、なれるのである。

もし、自分であればこうはいかないだろうと、御影正人は思った。第一、発言を求める勇気もない。仮に勇気ある発言をしたとしても、先輩刑事たちの失笑を買うのが関の山ということになるだろう。

荒巻行男は、昇進など眼中にない刑事であった。未だに階級は巡査部長であり、定年退職をするときに警部補に昇進するのが、せいぜいということになる。

だが、荒巻行男には、『大ベテラン』という何よりの勲章がある。その勲章の重みというものに、いま改めて御影正人は感心させられたのであった。

荒巻行男には、妻と二人の息子がいる。

ほかに、もうひとり娘がいた。しかし、荒巻行男が可愛くて仕方がなかったその末娘は去年の春、高校卒業を目前にして自殺を遂げたのだった。

自殺の理由はよくわからないし、荒巻行男もそのことには触れたがらなかった。かなりのショックを受けたことは当然だが、荒巻行男はそれを表面に出すこともなかった。

「その根拠というのを、聞かせてもらいましょうか」

ようやく、岡戸捜査主任が口を開いた。

「先月の二十四日に、沖圭一郎という男が甲府刑務所を出所しました」

で支えた。

荒巻部長刑事はテーブルのうえに両手を突いて、乗り出すように前に傾けた上体をそれで支えた。

「その沖圭一郎という男と、荒巻さんには何か因縁があるんですか」

「殺人事件の被疑者として、わたしが逮捕した男です」

「今回の事件と、どうかかわり合いがあるんです」

「今回の事件の被害者、十津川英子の通報と情報の提供によって、沖圭一郎を逮捕することができたのです」

「なるほど……」

岡戸捜査主任は、緊張した面持ちになっていた。

「その沖圭一郎が八年ぶりに出所した十日後に、十津川英子が殺されました。この二つの出来事に、関連がないはずはありません」

ここでもまた、荒巻部長刑事は断定的な言い方をした。

どうも、いつもの荒巻行男とは違うようだと、御影正人は爪を噛みながら思った。

5

八年前の殺人事件は、冬の別荘地で起こった。

伊豆の大室山山麗にある別荘地で、正確には八年前の二月十日のことだった。その別荘地では最も眺望が利く一等地に、洒落《しゃれ》た造りで人目を引く別荘が建っていた。

別荘の所有者は、船田元という作曲家で、当時四十歳であった。

そのころの船田元は、彼の作曲による流行歌が次々に大ヒットして、売れっ子作曲家五人男のひとりに数えられていた。

レコード会社は船田元を、救世主の如くに扱った。作詞家は船田元とコンビを組むことこそ、名をあげるのに最良の道と考えていた。

テレビの歌謡曲番組でも船田元の出演を望み、また多くの番組の構成や監修を求めて、彼のところへ企画を持ち込んだ。

男の歌手たちは揃って、尊敬する船田元の作曲を希望した。女の歌手たちは憧憬するスターのように、船田元のまわりに群がり、熱い眼差しと媚びる笑顔を忘れなかった。

当然、船田元はテングになる。四十歳にして天下をとったような気分になり、得意の絶頂にあってふんぞり返っていた。

毎日のように押しかける弟子入り希望の若い男女には、まさに雲の上の人とも見える船田元であった。

弟子入り希望の若い娘、女の新人歌手は船田元に肉体を提供するのが当たり前のことと、言われていた。船田元に誘われてセックスに応じた有名歌手というのも、何人かが噂にのぼっていた。

そうしたよからぬ風評が公然の秘密として広がろうと、その傲慢《ごうまん》無礼な大きな態度がマスコミに批判されようと、関係者たちは問題にしなかった。

船田元の作曲によるレコードは必ずヒットするし、歌が流行することも間違いないのである。確かな実績さえあれば、関係者にとって船田元は神さまなのだ。

だが、そういう船田元を許せないとして、彼が希望することを明確に拒絶する人間もいた。

沖圭一郎が、そのひとりであった。

八年前の沖圭一郎は、年齢が三十二歳だった。

本業は、売れない作詞家というところだろう。作詞家には違いないが、ヒット曲には縁がなかったし、商品としてもたまに採用されるだけであった。

そうした本業とは比較にならないほど、多忙な仕事を沖圭一郎は持っていた。沖圭一郎は、女優のマネージャーとしてむしろ、名前を知られていたのだ。

しかし、マネージャーといっても大勢の俳優やタレントをかかえているわけではなく、また芸能プロダクションにも関係はなかった。

沖圭一郎は、伊吹マリという女優ひとりだけのマネージメントを、引き受けていたのである。

伊吹マリは本名高原マリ、八年前の当時で十八歳だった。

高原マリは高校二年在学中に電車の中で、日本映画の最後の巨匠といわれた吉葉監督の目にとまり、出演交渉を受けたのであった。そのときの吉葉監督は、大作『姫君』の準備に取りかかっていた。

だが、既成の女優の中に吉葉監督のイメージに合う『姫君』がいなかったことから、無名の新人を起用しなければならないという話になっていたのだ。

ところが、電車の中で吉葉監督自身がこれだと思うような、女子高校生を見かけたのであった。それが、非の打ちどころのない美少女という感じの高原マリだったのである。高原マリは、映画の出演交渉を承諾した。

吉葉監督の熱心なすすめもあったし、そのほかにも自立したいという気持ちが理由となって、高原マリに踏んぎりをつけさせたのだった。

高原マリの両親に生活力がなかったために、彼女は姉夫婦のところに厄介になっていた。居候《いそうろう》ということであり、高校へも義理の兄の力で行かせてもらっていたのだ。それで高原マリには、一日も早く自立しようという意志が強く働いていたのである。

姉のアキは映画出演に反対したが、妹の気持ちが変わらないことを知って、むかしから親しい間柄にあった沖圭一郎に、マリの今後を託したのだった。

作詞家なら、芸能界に無縁ではない。沖圭一郎に頼んでおけば、芸能界入りしたマリのために、いい意味で役立ってくれると、アキは思ったのだろう。

高原マリは伊吹マリという芸名で、吉葉監督作品『姫君』の主役を演じた。演技よりも柄が大切な役であり、伊吹マリの容姿に申し分はなかった。

『姫君』は大ヒットして、伊吹マリは一作にしてスターとなった。美少女そのものの彼女の容姿に対する賛辞は大変なものであり、たちまちファン・レターが殺到した。

姫君のとおりシンデレラ姫。

十年にひとりのスター。

今後のドラマを支える大物女優の誕生。

まれにみる美少女に、不思議な魅力。

これほど美しさを感じさせる女優が、ほかにいただろうか。

と、芸能記事は伊吹マリに関して、むやみやたらと騒ぎ立てた。

確かに、伊吹マリの美少女ぶりには、清らかさというものが加わっていた。現代の女から失われつつある清らかさを、誰もが伊吹マリの新鮮な魅力と美しい容姿に見出したのであった。

清純、清潔、清楚、清爽、清涼と清い字が含まれての表現なら、すべてが伊吹マリにはぴったりであった。その美しさ、可憐さ、初々しさ、繊細さ、清らかさは、花にたとえればスイトピーだった。

人工のものであれば、さしずめ透明に近い水色のガラス細工というところだろう。

伊吹マリには一斉に、テレビと映画から出演依頼攻勢がかけられた。芸能プロダクションからも、わが社に所属するようにと勧誘が相次いだ。

だが、マリは姉のアキの言いつけに従って、すべてを沖圭一郎に委ねることにした。その結果、伊吹マリは芸能プロダクションに所属しないフリーの女優で通すことになり、沖圭一郎が個人的にマネージメントを引き受けることになったのである。

沖圭一郎のマネージャーとしての方針で、高校を卒業するまでの伊吹マリは、学業に支障を来たさない程度に、テレビ出演を引き受けた。

それでも正真正銘の清純派ということで、伊吹マリの人気は上昇する一方であった。

伊吹マリのファン・クラブ『スイトピー』が結成されると、会員数は五千人を軽く突破した。

そのほかにも、『伊吹マリの処女を守る会』というのが、男子学生だけによって作られたし、女子学生の後援会として『伊吹マリ・美少女の会』が結成された。

高校三年になると、もう出演交渉を断わりきれなくなった。伊吹マリは三本の映画に主演しながら、連続テレビ・ドラマ二本に準主役として出演を続けた。

十年にひとりのスター、正真正銘の清純派という評価どおりに、伊吹マリは成長しつつあった。

伊吹マリが十八歳になった初秋のある日、姉のアキが交通事故によってこの世を去った。マリはもう、義兄だけが残った家にはいられなかった。

マリは沖圭一郎と相談のうえ、世田谷区の下北沢にあるマンションの一室を借りて、自立することになった。下北沢という場所を選んだのは、すぐ近くの経堂のアパートに、沖圭一郎が住んでいたからだった。

年が変わって一月に、沖圭一郎のところへ船田元が、マリにレコードを出させたいという話を持ち込んで来た。もちろん船田元の作曲による歌を、吹き込ませるつもりなのであった。

「これからの女優は、芝居だけじゃ駄目なんだ。歌手としても、一人前でなければならない。女優と歌手が車の両輪になってこそ、本物の大スターになれるんだよ」

船田元は妙にキラキラと光る目を、このときは特にまた輝かせながら言った。女のように白い肌をしていて、鼻の下のチョビ髭が対照的に黒かった。ふっくらとした顔に、銀のフレームのメガネをかけている。

そうした船田元のにやけた顔が、沖圭一郎はどうにも虫が好かなかった。

妻と三人の子を持つ四十歳の男とは思えないほど、派手で若者っぽい服装をしているのも、鼻もちならなかった。もっと腹立たしいのは、有名人、第一人者、売れっ子という意識を露骨に示しながら、その一方では計算や演出を決して忘れないという船田元の通俗性であった。

沖圭一郎は、船田元とは古い付き合いだった。だから、顔を合わせることも多い。相談にも乗ってやるし、頼み事を引き受けることもある。

半年ほど前、船田元に懇望されて、彼に伊吹マリを紹介した。その後、船田元がちょくちょく食事などに伊吹マリを誘っているということを承知していながら、それも沖圭一郎は黙認していた。

しかし、長い付き合いだというだけで、沖圭一郎はどうしても船田元に好感を持てなかった。いやな男だと思うと虫酸《むしず》が走って、二度と会いたくないという言葉が口から出かかるのだった。

「船田元の作曲で、伊吹マリが歌うんだったら、ミリオン・セラーは確実だよ。どうだね、作詞はきみがやるということで、実現させようじゃないか」

船田元は自信たっぷりに、いやらしく笑った。

「伊吹マリを、歌手にするつもりはありませんね」

沖圭一郎は、船田元の申し出を一蹴《いっしゅう》した。

売れっ子の作曲家と、売れない作詞家であり、年も八つ違うのだから、言葉遣いだけは丁寧である。だが、沖圭一郎の胸のうちには断固拒絶してやろうと、船田元に対する腹立たしさと侮蔑《ぶべつ》があった。

それに船田元と組むことは、伊吹マリにとってマイナスになるというマネージャーとしての判断も、働いていたのだった。作曲あるいは弟子入りを引き受ける代償として、歌手やそのタマゴの肉体を求めるというゴシップ、スキャンダルに満ちている船田元と組んだりしたら、伊吹マリも同じような目で見られる恐れがある。

それは、伊吹マリの清純派のイメージを、ダウンさせることにもなるのだ。

「とにかく、考えておいてくれ」

その日の船田元は、結局おとなしく引き下がったのであった。

それから一ヵ月後の二月十日になって、沖圭一郎は船田元から、伊豆の別荘へ招待された。断わる理由がないし、十津川英子も一緒に行くというので、沖圭一郎は招きに応ずることにした。

十津川英子は、岬恵子だった時代に、船田元に師事していた。船田元との付き合いが長い沖圭一郎も、岬恵子だったころからの十津川英子と、心安い仲にあったのだ。

十津川英子は、そのとき三十歳であった。雇われママをしていた銀座のクラブが休業となり、十津川英子はオスカル・ロメロと結婚して、ブラジルに永住することを決めたときだったのである。

あと一ヵ月もしたら、日本を去ることになる。永遠の別れとなることだろうからと、十津川英子は船田元のところへ、挨拶に出向くつもりだったのだ。

二月十日の夜、十津川英子の運転する車に同乗して、沖圭一郎は伊豆へ向かった。大室山の山麓にある別荘地についたのは、午後十時すぎであった。

冬のウイークデイなので、無人の別荘地になっていた。明かりが洩れているのはただ一軒、船田元の別荘だけだった。

二人を迎えた船田元は、すでに酔っていた。機嫌よく酔っていて、船田は二人をピアノがあるサロン風の部屋へ案内した。作曲したばかりのメロディを、聞かせたいというのである。

「われながら、傑作だと思うね。これは伊吹マリのために作った曲なんだから、是非とも彼女に歌わせなくちゃな」

そう言って船田は、ピアノを弾き始めた。なるほど船田らしい技巧的なメロディで、テーマもはっきりしているし、独特のリズムが快い曲であった。ヒットすることが、わかりきっているように思えた。

何度か曲を聞かせたあと、シャワーを浴びてくると、船田元は浴室へ向かった。

沖圭一郎と十津川英子は、何気なくピアノに近づいて楽譜に目をやった。歌のタイトルは『そのとき』となっていて、作詞と作曲ともに船田元と記されている。

「これは、おれの作詞を盗んだんだ！」

そう叫んで、沖圭一郎は表情を硬ばらせた。

次の瞬間、沖圭一郎はサロン風の部屋を飛び出していった。十津川英子はそのあとを追って、部屋のドアへ向かって走り、廊下をのぞいてみた。沖圭一郎の姿が、浴室の中に消えたところだった。

「お前のような卑劣な人間は、許しておけない！」

「待て！　あれはそっくり、きみが作詞したままになっているじゃないか！　盗作とか剽窃《ひょうせつ》なら、手直しするか部分的に活用するかするはずだ！」

「うるさい！　この嘘つき野郎！」

「便宜的にああ書いておいただけで、きみにはきみの作詞だって、はっきり言うつもりでいたんだ！」

「弁解無用！　お前のような害虫は、世の中のためにも殺したほうがいいんだ！」

そんな沖と船田の激しいやりとりを、十津川英子は凝然となって耳にしていた。

突然、大きな物音と男の悲鳴が聞こえて、そのあとに不気味なほどの静寂が訪れた。

やがて、ふらふらした足どりで浴室から出てくる沖圭一郎の姿を、十津川英子は見たのである。

6

翌二月十一日の午後五時に、十津川英子は世田谷区の経堂警察署の受付に姿を現わした。

「目撃した殺人事件のことで、お話したいのですが……」

十津川英子は、受付にいる警官にそう告げた。

驚いた受付の警官は、刑事課の捜査一係に連絡した。

捜査一係の係長以下三名の刑事が、十津川英子から話を聞いた。その聞き手のひとりは、当時経堂署の捜査一係に所属していた荒巻部長刑事であった。

十津川英子の話は、どうやら事実らしいということで、改めて事情聴取を行い、供述書を取った。

昨夜の事件直後、十津川英子は恐ろしくなって別荘を飛び出すと、そのまま車を走らせて帰京した。

そのころ英子は、赤坂のホテルに滞在中のオスカル・ロメロのところに泊まったり、まだ千葉の親戚に預かってもらう話が確定していない母親と一緒に住んでいる渋谷のマンションへ帰ったりしていた。

その夜は、渋谷のマンションへ直行した。英子は、沖圭一郎が船田元を殺したことを、母親に打ち明けた。英子としてはどうするべきかを、母親に相談するためだった。

「沖先生に会って、自首するようにすすめるか、そうでなければお前が警察へ行って、事情を説明するかだろうねえ」

母親は言った。

しかし、英子にはどうにも、踏んぎりがつかないことだった。沖圭一郎に会いたくても、彼がいまどこにいるかわからない。

それに、英子には沖圭一郎のことを、警察に通報するだけの勇気がなかった。見も知らぬ相手とか、どうでもいいという赤の他人ではなかった。

沖圭一郎には、むかしから世話になっている。

岬恵子のときは、彼の作詞による歌もレコードに吹き込んだ。英子にとってはいまでも、『沖先生』なのである。現在は、親しい友人関係にあった。

沖圭一郎の犯罪を告発することは、彼に対する裏切り行為ではなかろうか。

彼を売った、彼をサシた、というふうに受け取られはしないか。

むかしの恩、友人としての仁義、人間の情というものを考えれば、とてもできることではない。このまま目をつぶっていて、沖圭一郎の自主的な判断に任せるべきではないのか。

英子は迷いに迷って、まんじりともせずに一夜を明かした。朝になって眠りに落ちた英子は、正午前に目を覚ました。

それから四時間ばかり考えた末に、英子はようやく意を決したのである。テレビのニュースを見ても、沖圭一郎が自首したという報道はない。

やはり、このままにはしてはおけない。目撃者として、唯一の証人として、警察に届け出なければならないと、英子は決心したのだった。

届け出るにしても、どこの警察だろうとかまわない、という気持ちにはなれなかった。きちんとさせるためにも、然るべき警察を選ぶべきであった。

沖圭一郎は、世田谷区経堂三丁目のアパートに住んでいる。その経堂三丁目を所轄としている経堂署に、届け出るのが妥当と思われる。

そう判断して英子は、午後五時に経堂署を訪れたのであった。

十津川英子から参考人としての供述を得た経堂署は、警視庁を通じて静岡県警に連絡した。同時に、警視庁からも係官が、伊豆大室山の別荘地へ急行した。その中には、荒巻部長刑事も含まれていた。

船田元の死体は、彼が所有する別荘の浴室内で発見された。

入浴中だった船田元は、全裸のままでタイルの床に倒れていた。

その首には二重に、船田自身のガウンのヒモが巻きつけてあった。ヒモを抜き取られたガウンとパジャマが、浴室の脱衣所に投げ出されていた。

浴室内、ドア、サロン風の居間、ピアノなどから、沖圭一郎の指紋が検出された。居間のソファのうえには、沖圭一郎の遺留品となるライターが落ちていた。ほかに、船田の後頭部に外傷が認められた。

解剖結果によると、死因は絞殺による窒息死ということだった。

沖圭一郎に突き飛ばされて転倒した船田は、タイルの壁に後頭部を強く打ちつけて、脳《のう》震盪《しんとう》を起こし抵抗する力を失った。そこをすかさず沖圭一郎が、抜き取ったガウンのヒモで首を締めて殺した。

そのように、推定された。

死亡推定時刻は、前夜の十時から十一時のあいだということであった。

すべてが、事件現場に居合わせた目撃者、十津川英子の供述と一致する。警視庁と静岡県警は、沖圭一郎を船田元殺しの犯人と断定、全国に指名手配した。

だが、指名手配をするまでもなく、沖圭一郎はその翌日の夜、あっさりと逮捕されたのである。

翌日の夜十一時すぎに、沖圭一郎は経堂三丁目のアパート付近に姿を現わしたのだ。それを張り込み中の経堂署の刑事が、逮捕したのであった。

真っ先に声をかけて、沖圭一郎に手錠をはめたのは荒巻部長刑事だった。

取調べによってわかったことだが、沖圭一郎は逃走資金が必要なために、預金通帳と印鑑を持ち出そうとして、経堂三丁目のアパートへ戻って来たのだという。

十津川英子の通報と証言によって逮捕されたということを知ったとき、沖圭一郎は歯ぎしりして口惜しがり、怒り狂った表情になった。

「友情も通じない恩知らずめ、裏切者は犬畜生だ！　十津川英子、この礼は必ずさせてもらうぞ！」

そのように、沖圭一郎は怒声を発したのだった。

しかし、目撃者の証言があっては、いまさら否定のしようもない。そう思って観念したのか沖圭一郎は、犯行のいっさいを認めて素直に自供に応じた。

事件は、簡単に解決した。

大騒ぎだったのは、芸能関係を中心としたマスコミの報道と、それに対する世間の反響であった。

人気の的となっている清純派女優、伊吹マリのマネージャーで作詞家でもある沖圭一郎が、売れっ子作曲家の船田元を殺したという事件なのだ。

これほどセンセイショナルな、芸能界のビッグ・ニュースはほかに例がなかった。一ヵ月近くは事件の余韻が、マスコミと世間に尾を引いていた。

ようやくその余韻が消えたころ、十津川英子はオスカル・ロメロとともに、日本に別れを告げたのであった。

沖圭一郎の犯罪と逮捕は、伊吹マリに悪い影響を及ぼさなかった。伊吹マリにはむしろ世間の同情が集まり、宣伝効果を狙っての多くの仕事が持ち込まれた。

一方の沖圭一郎には、第一審において予想以上に重い求刑と判決が下された。求刑が懲役十年、判決が同八年だったのである。

これは社会への影響が大きかったことだけではなく、計画的犯行という断定がものを言ったためであった。カッとなっての衝動的な殺人と認められたら、刑期ははるかに短くてすんだはずだった。

だが、検事は計画的な殺人と判断し、裁判官もそれを支持したのである。作詞の盗用に激怒したというのは、あくまで口実にすぎぬというのだ。

前々から沖圭一郎は、船田元に対して悪感情と憎しみを抱いていた。単純な嫌悪感に、船田への羨望、嫉妬、屈辱感といったものがプラスされて、それが殺意にも通ずる憎悪となった。

更に、最近になって船田元の誘いの手が伊吹マリに伸び始めて、そのことに沖圭一郎は脅威を感じていた。沖圭一郎がいかに反対しようと、伊吹マリは船田元の誘いを歓迎しつつある。

このままでは、伊吹マリを船田元に私物化されるとともに、その管理下におかれる可能性も強い。その結果、伊吹マリのマネージャーという地位を失うことになるのを、沖圭一郎は恐れた。

以上のようなことが複合しての動機となり、機会があったら船田元を殺そうと、沖圭一郎は計画的に犯行のときを待った。その機会は、沖圭一郎の作品に船田元が便宜的に曲をつけたのを、知ったときに訪れたのだ。

船田元は盗用でも剽窃でもないと弁明を試みたが、沖圭一郎はそれに耳を貸さなかった。それは最初から沖圭一郎の目的が、船田元を殺すことにあったからである。

船田元の楽譜にあった『そのとき』というタイトルの作品は、そっくり沖圭一郎の作詞によるもので、部分的な盗用にも盗作にもなっていない。したがって、このまま船田元の作詞、作曲で商品化することは、世間に通用しないはずである。

もしもお前が振り向いたら
そのとき
彼女の死の意味が、わかったことだろう
もしもお前が振り向いたら
そのとき
後悔せずに、すんだことだろうに

この『そのとき』の作詞に、船田元は楽譜のうえで便宜上、自分の名前を記したのにすぎない。そんなことが理解できないはずはないし、沖圭一郎はそれを口実に計画的な殺人を遂行したのである。

情状酌量は、認められない。

判決は、懲役八年――。

沖圭一郎は控訴せずに、一審判決に服した。

服役中の態度は優秀で、沖圭一郎は模範囚のひとりとされた。

その後の伊吹マリは、次第に仕事への意欲を失い、人気の割りには活躍の場が少なくなった。

そして五年後に伊吹マリは芸能界を引退、二十三歳で結婚したのである。

「みなさんも、伊吹マリについては、よく知っていると思います。最近になってテレビのコマーシャルに、若い主婦を売りものに台所の設備を宣伝して、出演するようになったのがかつての伊吹マリなんです」

荒巻部長刑事は長い経緯の説明を終えてから、そのように付け加えた。

刑事たちは、なるほどという顔でいた。八年前に人気絶頂にあった清純派スター、三年前に引退して若い政治家との結婚で話題となった伊吹マリを、刑事といえども忘れるはずはなかったのである。

それに、最近になってテレビのコマーシャルでお目にかかることが多く、親近感を覚えているだけに余計、伊吹マリの顔を簡単に思い描けるのであった。

「旧姓が高原の伊吹マリは現在、中丸マリということになります」

荒巻部長刑事が言った。

それもまた多くの人々が、何となく承知していることだった。

伊吹マリはいまから三年前に、芸能界を引退して、若いし美男だという評判の政治家と結婚した。二人はテレビの対談で初めて会って、それが縁となって交際するようになり、短期間の恋愛を経て結婚したのである。

やはり、そのことも当時は大変な話題になり、マスコミを騒がせたのであった。

伊吹マリが結婚した若い政治家とは、福岡地方区選出の参議院議員、中丸大樹《なかまるたいじゅ》だった。

中丸大樹は三十歳で、参議院議員の選挙に当選した。

中丸大樹が伊吹マリと結婚したときは、三十三歳であった。

中丸大樹と伊吹マリは、十歳違いでともに初婚だった。福岡地方の素封家の息子で、大学時代から組織した『古き日本の若き政治連盟』が、いまでは中丸議員の強力な選挙母体となっている。

若くて美男で頭がいいということから、婦人層の支持もかなりのものである。清純派の人気女優と結婚したことも、中丸議員にはイメージ・アップとなった。中丸議員と芸能界を引退したマリは、似合いの夫婦として地元でも二人の結婚が歓迎された。

現在、中丸議員は三十六歳、マリは二十六歳で、夫婦のあいだには二歳と一歳の男の子がいる。

今年で六年の任期を終える中丸大樹は、十一月の参議院選挙にもちろん再出馬する。今回も『民主クラブ』公認の立候補ということになる。

「以上のように八年前の事件の関係者は、それぞれの人生を歩んで今日に至りました。ブラジルに永住する気でいた十津川英子は、オスカル・ロメロとの結婚に破れて帰国しました。また服役中の沖圭一郎は模範囚として、無事に八年の刑期を終え出所したというわけです。ここで注目すべきは、沖圭一郎が出所して十日後に、十津川英子が殺されたという事実であります。これは、必ず礼はさせてもらうぞという八年前の怒りの叫びを、沖圭一郎がそのとおり実行したものと、考えるべきであります。そこで、沖圭一郎に対する独自の捜査を、わたしはやらせて頂きたいとお願いする次第です」

結びの言葉を終えて、荒巻部長刑事は着席した。

「しかし、あんたひとりでというわけには、いかんでしょう」

岡戸捜査主任が言った。

「ここにいる御影警部補と、組ませて頂けたらと思います」

荒巻部長刑事は、当然のように答えた。

御影正人は、いささか面喰らっていた。事前に話は何もなかったし、あまりにも一方的すぎる。荒巻部長刑事らしくなく、やり方が強引である。

確かにこれまでの荒巻行男とは人が違っていると、御影正人は胸のうちで首をひねっていた。

7

翌日、十津川英子の解剖結果が出たが、新しい発見は得られなかった。

死亡時刻、死因、凶器とすべてが、現場で推定したとおりの解剖結果であった。

捜査本部では決定された方針に従って、砂川多喜夫と大出次彦を含む十津川英子の交遊関係の洗い出しに、全力をあげることになった。

ただし、荒巻部長刑事と御影警部補の二名だけは、独自に沖圭一郎の線を追うということになっていた。

何とも奇妙な話だと、御影正人の気持ちはすっきりしなかった。荒巻部長刑事の要望が入れられたにしろ、二人だけが別行動をとるのであった。おそらく、異例の措置ということになるだろう。

荒巻部長刑事と一緒に、調布市深大寺町へ向かいながら、御影正人は心のどこかに不満が潜んでいることを自覚していた。何も荒巻の独断に、自分が付き合わされることはないのにと、御影は思うのである。

御影正人は、母親と兄夫婦とともに、調布市の若葉町にある古い家に住んでいる。ほかに兄夫婦の子どもが二人いるので、六人家族であった。

兄は、国家公務員である。大蔵省のエリート官僚、ということになるのだろう。

その東大出の兄と違って、御影正人は私大を二年で中退している。中退した理由は、その年に父親が病死したからだった。

大学を中退しただけではなく、すぐに就職しなければならなかった。彼は警視庁の巡査となり、やがて南調布署の外勤に配属された。

進級試験にパスして巡査長となり更に巡査部長に合格したとき、御影正人は刑事課勤務となって、捜査一係の刑事の仲間入りを果たした。

去年には、警部補への進級試験に合格した。

御影正人警部補、三十歳、独身である。

大先輩のベテラン刑事、荒巻行男も階級からいえば、御影正人よりも下であった。しかし、扱いはまったく逆で、警部補が巡査部長の部下になりきっているのだ。

荒巻は二言目には、インテリ刑事の役立たずと軽蔑する。大学まで進み、進級試験ばかりで出世するが、刑事としての経験や実績に欠けていると、荒巻は御影のことを言っているのである。

何事も、経験と実績の世界だった。

「わたしの見込みに、疑いがあるというのかね」

深大寺町の都営住宅の南側の道を歩きながら、荒巻部長刑事がいきなり訊いた。嫌味な言い方であった。

「どうしてですか」

戸惑いを覚えて、御影正人は青い夏空を振り仰いだ。

「そんな顔をしているからさ」

荒巻は、固い表情でいた。

「そうですかね」

御影は、顔を撫で回した。

「意見があるんだったら、遠慮なく口にすることだ。それが手がかりとなって、捜査が一歩前進するということもある」

「意見なんて、別にありませんよ。ただ、犯人は沖圭一郎だと、頭から決め込んでいるようで、そのことに何となく不安を感じますがね」

「お前さんは、沖圭一郎をシロと見ているのかね」

「そうじゃありませんよ。沖圭一郎をクロと判断するだけの材料と自信と勇気が、自分にはないというだけです」

「やっぱり、わたしの判断を疑っているんじゃないか」

「二、三引っかかる点があることは、確かですが……」

「聞かせてもらおうか、その引っかかる点というのを……」

「いいんですか」

「遠慮するなと、言っているだろう」

「第一に、八年間という歳月は、長いってことです。八年もたっているのに、沖圭一郎の十津川英子への怒りが、そっくりそのまま維持されているものかどうかが、自分には気になります」

「インテリの考えそうなことだ」

「出所したら、文句のひとつもつけてやろうという程度のことなら、まだわかりますがね」

「お礼参りに殺してやろうって気持ちが、八年間も続くはずはないというのか」

「いわば、逆恨《さかうら》みってもんでしょう。八年間も刑務所にいれば、そのことに気づくくらいの冷静さは取り戻すはずです。そうなれば、人間はそこまで執念深くはなれないと思います」

「それが、人間の心理ってものか」

「心理というより、人間の感情です。それに、沖圭一郎は決して無知な男では、ないと思います。大学も出ているし、作詞家ともなれば文学的素養もあったんでしょうしね」

「大学出とか文学的素養なんてものは、アテにならねえんだよ。その証拠には、沖圭一郎だって一度は人を殺しているんだ」

「その一度目の殺しなんですが、沖圭一郎は一審判決に服している。お礼参りに十津川英子を殺すほど、シャバに未練があるんだったら、一審判決が不満だって控訴ぐらいしたでしょう」

「やつの目的は、一日も早く自由の身になるってことにあったのさ。一審判決にさっさと服したうえに、服役中は模範囚で通す。そいつが、いちばん早道だ。暴力団の身代わり犯人ってのは、大抵そういうやり方をするんだよ」

「そうですか」

「まだ、ほかにもあるかい」

「もうひとつ、十津川英子が沖圭一郎を、どうして歓迎できたかってことなんです。十津川英子は当然、沖圭一郎に恨まれているってことを承知していた。そうだとすれば、沖圭一郎から連絡があれば、上機嫌になるどころか、まずは不安を覚えるでしょう。それが嬉々として沖圭一郎との待ち合わせの場所へ出かけていって、彼の言いなりに車を走らせたってことに、矛盾を感じませんか」

「それは、お前さんの主観の問題だ」

「沖圭一郎は十津川英子から、ブラジルに永住するという話を聞かされていた。だから、この八年間を沖圭一郎は、英子が日本にいないものと思い込んで、過ごして来たんでしょう。だったら、お礼参りなんてことは、とっくに諦めていたんじゃないですか」

御影はもう、噴き出す汗を拭き取ろうともしなかった。中途半端な気持ちから、彼もまた熱くなりつつあったのだ。

「まあ、いいさ。間もなく、お前さんのそういう疑問を一度に、吹き飛ばしてみせるからな」

荒巻は、ニコリともしなかった。自信があるだけではなく、その日焼けした顔には挑戦に賭けた意地が見られた。

深大寺町の都営住宅と浅間神社の中間あたりに、十津川英子が借りていた家はあった。建て売り住宅のような外見で、新しさが残っている二階家である。台所や浴室のほかに、三間か四間ぐらいはあるだろうか。

今夜が、十津川英子の通夜になるはずだった。喪主はほかに肉親がいないので、英子の従姉が夫とともに、それを引き受けることになっているという。

その従姉というのは、英子の父親の姉の娘である。千葉市に住んでいて、英子がブラジルへ渡る際に母親を預けていったのも、その従姉のところだったのだ。

千葉市から英子の従姉とその夫がくるまで、家政婦の清水初江は深大寺町の借家にいるという話であった。荒巻部長刑事がその借家を訪れたのも、家政婦の清水初江に用があってのことなのだ。

玄関の中へはいると、吹き抜ける風が急に冷たく感じられた。家の奥が、真っ暗に見える。振り返ると、浅間神社の緑の茂みが眺められた。真夏の緑が鮮やかで豊かなのに、セミの声はまったく聞けなかった。

家政婦の清水初江は、四十すぎと思われる女だった。白いワンピースは若向きだが、顔に化粧っ気はなかった。それでも、明るく気さくに話すというタイプの女である。

「昨日、十津川さんを呼び出した電話の相手なんだけどねえ。何か気がついたことを、思い出してくれませんか」

荒巻は最初から、本題にはいった。これが、ベテランの部長刑事のやり方なのである。丁寧《ていねい》な言葉を使わずに、気安く話しかけていく。余計なことは抜きにして、すぐに相手を話に乗せてしまうのだった。

「そうですねえ。ほかの刑事さんにも訊かれたんだけど、気にかけていなかったことでもあるし、何も思い出せないんですよ」

清水初江は、愛想笑いを浮かべていた。荒巻から質問されることを、決していやがってはいないのである。

「そこをさ、何とか頼みますよ」

「ほんとうに、困ってしまったわ」

「十津川さんが電話で言っていることは、あんたの耳にだってはいったんでしょう」

「そりゃあねえ。寝室に切り替えずに、英子さんは電話に出たんだから、声はよく聞こえていましたよ」

「そうだろうねえ。だったら、何か覚えているんじゃないのかな」

「それが、いまも言ったとおり、台所で食事の支度をしていて、電話のことは気にもかけていなかったので……」

「でも、何か聞こえたんじゃないの。聞こえたからには、断片的な十津川さんの言葉のひとつくらい、覚えているはずなんだけどねえ。どうだろう」

「さあねえ」

「電話に、出るねえ。そのとき電話の相手に対して、何か挨拶めいたことを言うもんでしょう」

「ええ」

「たとえば、あらあなただったのとか、まあ珍しいとか、お久しぶりねえとか……」

「刑事さん、そう言われれば確かに、そのとおりでした。英子さんはそこで、大きな声を出したんですよ」

清水初江の顔から、笑いが消えていた。

「うん、そこまで思い出せたんなら、あとは簡単だ」

荒巻部長刑事は、満足そうにうなずいた。

「とても驚いたように、嬉しそうに大きな声を出したんです」

「それで十津川さんは、どんな言葉を口にしたんだろうね」

「まあ、お珍しい方からのお電話だわって、確かそういう意味のことを……」

「それだけかな」

「お久しぶりねえって、言ったような気がします」

「まあ、お珍しい方からのお電話だわ。お久しぶりねえ……」

「そう、そう言ったんですよ」

「間違いないかな」

「正確な言葉はともかく、そういう意味だったことは間違いありませんね」

清水初江は、真剣に考え込む面持ちになっていた。最初の言葉を思い出せたことで、清水初江も自信を得たのだろう。

「すると、その言葉の前に当然、相手の名前がくるんじゃないのかね」

そう質問しながら荒巻は、御影正人の顔へチラッと目をやった。

少なくとも電話の相手が砂川多喜夫や大出次彦なら、お珍しい方だのお久しぶりだのとは言うはずもないと、荒巻の目は御影に語りかけていた。

確かに、そのとおりである。お珍しい、お久しぶりと挨拶をしたとなれば、電話の相手は砂川多喜夫でも大出次彦でもない。

「その挨拶の前に、相手の名前がくるんですか」

清水初江が、逆に訊いた。

「もしもしって、電話に出るね。相手が、○○だけどって名乗る。それに対して、あら○○さんなの、まあ珍しい方からの電話だわ、お久しぶりねえって、こういう順序になるでしょうからね」

声色を使い手ぶりもまじえて、荒巻部長刑事は説明した。

「そのとおりだわ。最初に英子さんは、相手の人の名前を口にしましたよ」

「頼むから、それを思い出してもらいたいんですよ」

「わたし、聞きました。英子さんが口にした相手の人の名前を、わたしは確かに耳にしたんです。そのとき、わたしは高校時代の友だちと、同じ名前だなって思ったんですから……」

「よし、あとひと息だ」

「だけど、その高校時代の友だちというのが誰だったか、いまになってみると思い出せないんですよ」

「だったら、こっちで言えば、思い出せるかな」

「それはもう、高校時代の友だちにそれと同じ名前の人がいるんだし、ちょっと変わった名前だし、それにちゃんと当てはまればいいわけでしょ」

「沖さんって、言ったんじゃないのかね」

「そう、沖さん……！」

手を叩いて、清水初江は大きな声を出した。

「間違いありませんか」

厳しい顔つきで荒巻は念を押した。

「だって沖さんって、高校時代の友だちにいますもの。そう、英子さんがあら沖さんなの、まあ珍しい方からの電話だわ、お久しぶりねえって言ったとき、わたしは高校時代の友だちの沖さんのことを思い出したんですよ。そう、英子さんはあら沖さん、沖先生なのねって、呼び方を変えて繰り返したみたいでした。絶対に、間違いありません」

一気にまくし立てたあと、清水初江は口を『へ』の字に結んでうなずいた。

「そうですか」

御影を振り返った荒巻の顔に、どうだといわんばかりの勝利感がみなぎっていた。

8

刑務所を出所したばかりの人間の住所は、その直後の落ち着き場所だけにすぎないが、刑務所側が届け出を受けて記録している。

沖圭一郎の出所直後の住所は、すでに甲府刑務所に問い合わせて調べがついていた。

沖圭一郎の身元引受人は、実弟の沖政二郎となっている。実弟が身元引受人として、甲府刑務所へ兄を引き取りに来ているのである。

沖圭一郎もまた肉親との縁が淡く、未だに健在なのは、実弟の政二郎ただひとりということなのだ。その実弟は、神奈川県の大磯町に住んでいて、スポーツ用具店を営んでいるという。

沖圭一郎が生まれ育った故郷も、神奈川県の大磯町ということになる。本籍地でもあった。

いまは中丸夫人となっているかつての伊吹マリ、それに交通事故で死亡した姉のアキも、やはり大磯町の出身である。アキにマリの姉妹と沖圭一郎は、同郷という間柄にあったのだ。

特に、沖圭一郎と姉のアキは、仲のいい幼馴染《おさななじ》みだったらしい。結婚後もアキのよき相談相手だった沖圭一郎に、事故死したアキが妹の今後を託したのも、そうした幼馴染みへの信頼感によるものなのだろう。

しかし、刑務所を出た沖圭一郎は、神奈川県大磯町の実弟の住まいに、落ち着いたわけではなかった。

彼は東京で、ひとり住まいを始めたのであった。兄の要望に応えて、弟がアパートの一室を用意しておいたのである。

住所は、世田谷区経堂六ノ二十ノ一『木村アパート内』となっていた。またしても、経堂であった。

「やつは、よほど経堂が好きらしいな」

荒巻部長刑事も、思わず苦笑していた。

もちろん同じ経堂でも、三丁目と六丁目の違いがあって、八年前まで住んでいたあたりとは遠く離れている。だが、沖圭一郎がなぜ経堂という町に住みたがるのか、その辺のところはよくわからなかった。

荒巻部長刑事と御影警部補は、世田谷区経堂へ向かった。

京王線の明大前で井の頭線に、そして下北沢で再び小田急線に乗り換えた。経堂駅で下車すると、迷うことなく荒巻は経堂大橋公園のほうへ歩き出した。

八年前には、経堂署勤務の荒巻だったのだ。このあたりについては、自分の家の庭みたいに詳しいのである。また、いまの荒巻にとっては、八年前に沖圭一郎を逮捕した思い出の地でもあるのだろう。

「変わっていないところはそっくりそのまま、変わったところはまるで別の土地へ来ているようだな」

歩きながら荒巻は、懐かしそうに視線をめぐらしていた。

それにしても大したベテランだと、御影正人は改めて思った。清水初江という家政婦の記憶から、みごとに『沖』の名前を引き出した荒巻のテクニックを、御影は目《ま》のあたりに見せつけられたのである。

手慣れたものだった。軽い気持ちでやりとりを交わしながら、実は相手の記憶を掘り起こすための話術と技巧に、計算がいき届いている。自然に身につけた荒巻の修練というものに、御影は尊敬の念を抱いていた。

ほかの刑事の質問には答えられなかった清水初江が、荒巻に訊かれてあっさり思い出した。それも誘導による答えではなく、清水初江が確信を持って認めたのである。

十津川英子は、『沖さん』だけではなく『沖先生』という呼び方もしたという。英子にとって沖圭一郎は先生であり、過去においても彼女は『沖先生』と呼んでいたのだ。

電話の相手は、沖圭一郎に間違いなかった。英子を呼び出したのは、沖だったということになる。

つまり、英子を殺したのは沖だという荒巻の判断は、九十九パーセント正しいと見るべきだろう。あとは沖圭一郎のアリバイの有無によって、百パーセント間違いないということが決定するのである。

木村アパートは、経堂六丁目の稲荷神社のすぐ近くにあった。階下と二階を合わせて八戸のアパートだが、建物はかなり古いという感じだった。

二階への鉄製の階段をのぼって、すぐのところに八号室がある。表札も名前を記した紙も見当たらなかったが、そこが沖圭一郎の部屋なのであった。

2DKという部屋の広さであった。ドアが並んでいる各室とも静まり返っている。住人のほとんどが共稼ぎの若い夫婦だというから、昼間はいつもこうなのに違いない。

荒巻が躊躇することなく、立て続けにブザーを鳴らした。

返事はなかったが、間もなくドアの向こう側で、チェーン・ロックをはずす音が聞こえた。

沖圭一郎は、在宅だった――。

荒巻の背後で、御影は身体を固くしていた。全身に、緊張感が走ったのだ。

ドアが、半分ほど開いた。そのドアを荒巻が、勢いよく引っ張った。ドアが全開されて二人の刑事の目の前に、長身の男の姿が浮かび上がった。

身長は、御影と同じくらいある。痩せていて、顔色が悪かった。彫りの深い顔立ちで、知的な容貌といえるだろう。荒巻の表現を借りるなら、インテリの顔ということになる。髪の毛が長ければ、いかにも作詞家らしく見えるはずだった。

「ああ……」

荒巻の顔を思い出したというように、男は頭を大きく上下させてうなずいた。

だが、表情は動かなかった。

何という暗さだろうかと、御影は沖圭一郎の印象について、しみじみと感じていた。大勢の人間と接触して来たが、これほど暗い翳りを持った男を見るのは、御影にとって初めての経験であった。

冷静でいるのではない。感情というものが、死んでいるのである。この世に生存していることが人間の罪であるとしたら、沖圭一郎はまさしくその十字架を背負っている男だと思いたくなる。

孤独、絶望、虚無感が影となって、沖圭一郎を押し包んでいる。八年間の刑務所暮らしを経て、四十歳になった男には、その寒々とした暗影が悲しくなるほどであった。

特に老け込んではいないが、短い髪に白いものがまじっている。それも八年間を罪人として過ごした男の苦労と、懊悩の結果なのだろう。

「しばらくだったな」

荒巻が言った。顔にも笑いがないし、かなり横柄《おうへい》な口のきき方をした。それも、荒巻のテクニックというものなのかもしれなかった。

「どうも、その節は……」

沖圭一郎は、頭を下げなかった。無表情な顔で、口先だけの挨拶をしたのだ。

「無事に勤めを終えて、おめでとうと言いたいところなんだが……」

荒巻は部屋の奥に、忙《せわ》しく目を走らせていた。

「刑事さんがわざわざ、お祝いに来てくれるはずはないでしょう」

沖圭一郎が皮肉っぽく言った。

「実は、そのとおりなんだ。出所早々、申し訳ないんだがね」

「今度は、何を調べるつもりなんです」

「十津川英子のことだけど、もちろん承知しているんだろうね」

「正直な話、びっくりしました。今朝の新聞で、知ったんですけど……」

「びっくりしたか」

「何しろ、懐かしい人ですからね。そのうち会いに行こうと思っていましたけど、まだ連絡もしないうちにあんなことになってしまって、ぼくとしても残念です」

「残念ねえ」

「刑務所帰りの人間に屈託なく会ってくれるのは、むかしの古い知り合いだけってことですからね」

「あんた、昨日もここにいたのかい」

「いや、出かけていました」

「昨日は誰とどこにいたかを、はっきり聞かせてくれんかね」

「アリバイですか」

「そういうことになる」

「十津川君が殺されたことで、ぼくが疑われているんですか」

「あんたには、動機があるだろう。お礼参りってやつさ」

「まさか……」

「それに、あんたが電話で十津川英子を呼び出したってことも、証人がいてはっきりしているんだよ」

「身に覚えはありませんね」

「だったら、アリバイってものがあるはずだ」

「お上がりになりませんか、暑いですけど……」

沖圭一郎は、部屋の奥を振り返った。暑いけれどと断わったのは、室内にクーラーがないという意味なのだろう。

「いや、ここで結構だ」

荒巻は、首を振った。

部屋の中に、家具らしいものは見当たらなかった。引っ越したあとのように、ガランとしている。沖圭一郎の背後のダイニング・キッチンの床に、スーツ・ケースが置いてあって、新品のそれが妙に目立っているだけだった。

見た目にも、暑苦しそうな室内である。ドアの外にいたほうが、風に吹かれるので、いくらかでも涼しかった。荒巻と御影は、汗をかいていない。だが、沖圭一郎のワイシャツは、部分的に濡れている。

「旅行に、出てましてね。ついさっき、帰って来たばかりなんです。ここへ帰って来てから今朝の朝刊を読んで、十津川君の事件を知って驚いていたところなんですよ」

沖圭一郎は壁に寄りかかって、両手をズボンのポケットに差し入れた。

「旅行していたって、それがその証拠というわけか」

沖の背後のスーツ・ケースを、荒巻は顎でしゃくるようにした。

「そうです」

沖は足もとに、目を落としていた。

「旅行先は……」

荒巻が訊いた。

沖は、返事をしなかった。答えないだけではなく、足もとを見つめたまま沖は動かなくなっていた。

荒巻と御影は、沖圭一郎の横顔を凝視した。彼が口を開くのを、待ったのである。しかし、沖は刑事たちの存在を無視するように、沈黙を守っていた。

三分が、経過した。沖は頑《かたく》なに、無言の状態を続けている。何かを考えているのか、それとも答えられないのか。

「黙秘ってのは、早すぎるぞ」

荒巻が、返事を促した。

それに対しても、沖は反応を示さなかった、更に、三分がすぎた。これでは、刑事の心証を悪くするだけである。なぜ黙っているのかと、御影は焦燥感を覚えていた。

七分間の沈黙を続けたあと、沖圭一郎はようやく輝きに欠けた目を、荒巻の顔に転じた。

「言わなくっちゃ、いけませんか」

沖は重そうに、唇を動かした。暗い眼差しだった。

「自分のためを思うんだったら、正直に話すことだ」

荒巻は沖を、にらみつけていた。

「旅行先は、九州です」

思いきったように、沖は言葉を口にした。

「九州のどこだね」

荒巻は、待っていたとばかりに訊いた。

「福岡です」

「福岡市内か」

「ええ」

「いつ福岡へ向かって、いつ帰って来たのか、詳しく聞かせてもらいたいね」

「一昨日の正午の新幹線で、福岡へ向かったんです。帰りは今朝の始発の新幹線に乗って、二時間ばかり前にここにつきました」

「往復とも、新幹線か」

「そうです」

「一昨日の下りが、東京発正午の新幹線。今朝の上りが……」

「博多発六時の新幹線で、東京着が午後一時四十四分です」

「いまは午後五時だから、二時間前の三時には、ここへ帰って来ていたという計算になるのか」

「計算じゃなくて、事実ですよ。午後一時四十四分に東京駅につけば、ここへ帰ってくるのは午後三時ってことになるんです」

「つまり昨日は、東京都内にいなかった。一昨日の夜から今朝までは、福岡にいたと言いたいんだな」

「言いたいんじゃなくて、それが事実なんですよ」

「福岡に二泊したことになるけど、どこに泊まったんだ」

「旅館です。博多区役所の南で、馬場新町にある喜楽荘という旅館です。そこには、予約して泊まりましたよ」

「二泊ともかね」

「ええ」

「ずっと、その旅館にいたのかね。昨日の昼間も……」

「いや昼間は当然、出歩くことになりますからね。旅館には、いませんでした」

「いったい何のために、福岡へなんて出かけていったんだ」

「会いたい人が福岡にいるというので、その人に会いに行ったんです」

「その人って、誰なんだね」

「そこまで、言う必要はないでしょう。その人には、関係ないことなんですからね」

沖の顔が一瞬、硬ばったようだった。

「その人って、誰なんだ」

語調を強めて荒巻は、同じ質問を繰り返した。

「高原マリ、伊吹マリ、現在は参議院の議員夫人になっている中丸マリです」

肩を落として沖圭一郎は、溜息まじりにそう答えた。

刑務所を出た人間が、かつての知人の消息を気にかけたり、居所がわかっていれば会いたがったりするのは、極めて当然なことである。服役中の空白は必ずしも、過去との絶縁を意味しないのだ。

9

八年ぶりに自由の身になった沖圭一郎が、マリに会おうとしたのも、当たり前のことであった。沖圭一郎とマリの過去には太い絆があったし、親しい間柄という意味では二人の接点は深く大きかったのである。

刑務所を出所して十日後に、沖がマリと再会することを思い立ったのは、むしろ自然な気持ちの表われといえるだろう。不思議でもなければ、おかしいことでもない。

ただ刑務所にいる間の沖には、シャバにいる人々の移り変わりというものがわからなかった。刑務所内で新聞も雑誌も読まなかった沖は、伊吹マリが引退したということも、知らずにいたのだった。

刑務所を出てから、沖は三年も前に伊吹マリが芸能界を引退して、若い政治家の妻になっているということを、知ったのであった。これには、沖も驚いた。

伊吹マリがただ引退して、結婚に踏み切ったというだけではないのだ。参議院議員の夫人となり、すでに二児の母になっているというのである。

だが、それでも会いたいという気持ちには、変わりがなかった。沖は港区元麻布にあるという中丸邸に、電話で問い合わせてみた。中丸議員の秘書というのが電話に出て、事務的に現状について説明した。

「中丸先生はここしばらく、党務にかかわりがあって、東京を離れることができません。おそらく八月の十日すぎに、十一月の参院改選の態勢固めのために、福岡入りすることになるでしょう。でも、奥さまのほうは地元福岡へ、ひと足お先に行かれております。奥さまはしばらく、福岡にご滞在です」

返事は、こういうことであった。

沖にも充分、理解できることである。三ヵ月後には、参議院が改選になる。候補者たちはすでに、あらゆる機会を捉えて事前運動に乗り出している。

福岡地方区から民主クラブ公認で再出馬する中丸大樹も、決して楽勝は望めない。一日も早く、選挙区へ帰りたいところだろう。だが、中丸議員は民主クラブの党務というものに引っかかりがあって、しばらくは東京を離れることができない。

こうした場合にこそ、威力を発揮するのが元人気スターだった妻というものである。マリになら人集めやアピールの能力があり、中丸議員の代役を立派に果たすことができる。

そこでマリが役立つことになり、夫の選挙区である福岡へひと足先に、乗り込んだということなのだ。地元の組織のシンボルとなって、講演や会合、挨拶回りなどにマリは奮闘を続けているのに違いない。

　二人の幼児も東京に残していったというし、マリは当分のあいだ福岡に腰を落ち着けることになるのだろう。

　沖のほうから福岡へ出向かなければ、当分はマリに会うこともできない。そう思って沖圭一郎は、福岡へ行くつもりになったのである。

「中丸夫人の宿舎がどこか、わかっていたのかね」

　荒巻部長刑事は、おもむろに質問を続けた。

「博多区役所の東の祇園にある博多会館ホテルに、滞在しているって秘書の人に教えてもらいましてね」

　沖圭一郎は相変わらず、壁に凭《もた》れて俯《うつむ》きかげんの姿勢でいた。

「博多区役所の南寄りにある旅館の喜楽荘からは、博多会館ホテルがそう遠くないというわけか」

「馬場新町と祇園だったら、そう離れてはいませんん」

「それで、あんたは喜楽荘という旅館を、予約したのかね」

「いや、博多会館ホテルの近くというのは、まったくの偶然ですよ。ぼくは福岡に泊まるときは、いつも博多の喜楽荘と決めているんです。もっとも今度は、十年ぶりの博多でしたけどね」

「あんたは、福岡に詳しいらしいな。定宿があるくらいなんだから、博多へはちょいちょい行っていたんだね」

「もう、むかしのことです」

「博多に誰か、親しい人でもいるのか」

「むかしの作詞家仲間が、博多の中洲で馬賊料理というのを始めましてね。そのころ、よく博多へ出かけたんです」

「その作詞家仲間というのは、いまは……」

「もうとっくに、病気で死にました。十二、三年も前のことになりますかね」

「それで中丸夫人には、連絡がとれたんだろうか」

「一昨日の夜、博多についてすぐ博多会館ホテルに電話を入れたんですが、中丸夫人はパーティに出ていて留守だということでした。それで昨日の朝になって、また連絡をとったんですが……」

「どうだったんだ」

「やっぱりスケジュールが詰まっていて、時間が取れないということでした」

「中丸夫人と直接、話し合ったけど、断わられたということかね」

「ええ」

「ずいぶん、薄情なんだな」

「福岡へ遊びに来ているんではなく、目の回るような忙しさというんですから、まあやむを得ないでしょう」

「じゃあ、あんたは福岡に二泊したけど、結局は中丸夫人に会えなかったってわけなんだ」

「旦那の選挙のほうが、大切でしょうしね。それで、ぼくも諦めて今朝いちばんの新幹線で、東京へ帰って来たんですよ」

「それにしても、冷たいじゃねえかい」

「刑務所帰りには、誰だって冷たいものです」

「そうだとすると、昨日の昼間はどこでどう過ごしたってことになるんだ。昼間は旅館にいなくて、出歩いていたんだろう」

「ええ、市内をあちこち歩き回りましたよ。主として神社を、回りましたね。時間をつぶすために……」

「誰かと、一緒だったのかい」

「いや、ひとりきりで行動しました」

「相手に顔を覚えられるような場所にも、立ち寄らなかったのかね。たとえばレストランとか、料理屋とか、バーとか……」

「さあ、どうでしょうか。福岡城跡、平和台公園、護国神社、菊池武時の墓、安国寺、少林寺、警固神社、住吉神社なんかを、ぶらぶらと見て回っただけですから……」

「まるで、寺社巡りだな」

「神社仏閣というのが、むかしから好きなんですよ」

「昼飯は、どうしたんだ」

「博多駅前の〝勢一〟という鰻屋ですましたんですけど、かなり混雑していたので、客の顔なんていちいち覚えていてはくれないでしょうね」

「乗りものに、タクシーは使わなかったのかね」

「そんな、金持ちであるはずはないでしょう。乗りものは、すべてバスでした」

「昨日の朝、喜楽荘を出たのは、何時ごろだったんだ」

「八時半ごろだったですよ」

「喜楽荘に戻った時間は……？」

「夜の八時すぎだったと思います」

「すると昨日は、午前八時半ごろから、午後八時すぎまで、福岡市内の神社仏閣巡りをしていた。ずっと単独行動であって、知っている顔にも出会わなかったし、誰かに顔を覚えられるようなこともなかった。乗りものはすべてバスを利用、あんただってわかるような場所にも寄らなかった。と、こういうことになるのかい」

「そうですね」

「だったら、あんたが昨日の昼間、福岡にいたってことを、どうやって証明するんだ」

「そんなことの証明なんて、必要だとは思わなかったから……」

「それじゃあ、アリバイってことにはならねえだろう。立証されなければ、アリバイはないのも同じなんだからな」

「しかし、昨日はずっと、福岡市内にいたんです」

「いくらそう主張したって、証人がいなければアリバイとして認められるはずはないだろう。あんたが昨日の昼間、福岡市内にいたってことを裏付ける何かがなければ、ああそうですかって本気にはできないね」

「そう言われても……」

「思い出せるんなら、思い出してみるんだな」

「昨日の昼間、福岡市内でとても珍しい出来事にぶつかったというようなことでは、駄目なんでしょうかね」

「何だって……」

「非常に珍しくて特殊な出来事だから、ほかでは起こり得ないことだと思います。それに近所の人たちも見物していたし、警官も駆けつけて来たから、そういう事実があったってことは立証できます。ぼくも、その珍現象を見物していたってことで、アリバイの証明にはなりませんか」

「珍現象って、どんなことだったんだ」

「小さな三毛猫が大きな赤犬と、凄まじい戦いを演じたんです。小さな三毛猫はまともに飛びかかって、大きな赤犬の鼻に爪を立てました。赤犬はシッポを巻いて、ただ鳴くだけという格好になったんです。すると、そこへ赤犬の飼主がバケツを持って来て、小さな三毛猫に水を浴びせました。それを見て、今度は三毛猫の飼主が怒ったんですよ。犬の飼主の中年男と、猫の飼主の中年女と、人間同士の喧嘩になってしまったんです。それでついに、近くの交番から、警官が飛んでくるという始末でした。猫と犬の格闘が人間同士の喧嘩になって、警官が仲裁にはいるなんて、滅多《めった》に見られない珍事件でしょう」

「あんたはその場に居合わせて、それを見物していたというのかね」

「そうなんです」

「時間は昨日の何時ごろだったんだ」

「午後二時ごろだったと思います」

「場所は、どこだね」

「住吉神社の近くに、住吉小学校があるんですが、その住吉小学校の西側の小さな公園みたいなところで、持ち上がった珍事件でしたよ」

「それが、あんたのアリバイを裏付ける唯一の証拠ってことか」

「ほかには、何もありませんのでね。しかし、そんなことだって、アリバイの裏付けにはなるんじゃないですか。珍事件には違いないけど、些細《ささい》な出来事でニュースにもならないし、福岡市内に噂となって広がることでもありません。その場に居合わせた人間しか、知らないことなんですからね」

「まあ、いいだろう。調べれば、すぐわかることなんだ」

荒巻部長刑事は、手にかかえていた上衣を肩に担いだ。これで一応、質問は終わりということらしい。

「とにかく、十津川英子が殺された事件に、ぼくは無関係なんですよ」

壁から背中を離すと、沖圭一郎は荒巻のほうへ向き直った。陰鬱な表情に、変わりはなかった。

「頼みがある。明日は一日、ここにいてもらいたいんだよ」

荒巻は言った。

「ぼくにも出かける予定はないし、頼まれなくても明日はここにいます」

沖圭一郎は、髪の毛の短い頭に手をやった。

「必ずここにいるって、約束してくれないか」

荒巻は手帳を開いて、万年筆のキャップをはずした。

「約束しましょう」

沖圭一郎は、うなずいて見せた。

「番号は……?」

ダイニング・キッチンの隅にある電話機を、荒巻部長刑事は指さした。

沖圭一郎は、ダイヤルの中心部に記されている電話番号を読み上げて、荒巻に伝えた。その電話を使い始めてからまだ日が浅いので、沖圭一郎は完全に番号を記憶していないのだろう。

荒巻は手帳に、電話番号を書き込んだ。

「じゃあ。明日また……」

そう言って荒巻は、鋭い視線を沖の顔に突き刺した。

沖圭一郎も冷ややかな目で、荒巻部長刑事を見返した。両者の目が一瞬、火花を散らしたように感じられた。疑惑とも敵意ともつかない何かが、二人のあいだを走ったようだった。

「ご苦労さまでした」

沖圭一郎は、口もとを歪めた。初めて沖の表情に、変化が生じたのである。彼は笑ったのに違いないが、それにしても暗い笑顔だった。

もし、陰惨な笑いというのがあるとしたら、まさしくそれだと御影正人は思った。

夕日を浴びながら、荒巻部長刑事と御影警部補は木村アパートをあとにした。心持ち暑さも衰えて、肌で受け止めるほどの風も出て来た。

「アリバイを申し立てるだろうってことは、予期していたんだ。しかし、どうせいいかげんなアリバイに決まっているし、簡単に崩れるだろうよ」

荒巻部長刑事はそう言って、嘲笑するように鼻を鳴らした。

「七分間ばかり、黙り込んでいましたね。七分間で考えついた擬装アリバイとなると、まあ大したことはないでしょう」

御影警部補は、荒巻の読みに同調していた。いつの間にか御影は、荒巻の判断を信頼するようになっていたのである。沖から呼び出しの電話がかかったという清水初江の証言もあるし、いいかげんなアリバイを主張したとなれば、もう決まったようなものだった。

「ろくでなしが……」

荒巻が突然、吐き捨てるように、感情的な言葉を口にした。

10

翌朝、羽田発八時二十分の日航機で、荒巻行男と御影正人は福岡へ飛んだ。

午前十一時前に二人の刑事は、もう福岡市博多区馬場新町にある旅館『喜楽荘』を訪れていた。『喜楽荘』という旅館は実在したし、博多区役所の南に位置しているということも確かであった。それに、喜楽荘での聞き込みの結果は、沖圭一郎の話にあったとおりだったのである。

当人であるかどうかを、沖圭一郎の写真によって、確認させるまでもなかった。喜楽荘の女主人が、沖圭一郎のことをよく知っていたのだった。

十二、三年前までは、一年に四、五回は来て、定宿ということでいつも喜楽荘に泊まっていたという。その沖圭一郎が十年ぶりに、八月三日の夜、喜楽荘に姿を現わした。

予約で沖がくることはわかっていたが、懐かしさの余り喜楽荘の女主人は、涙ぐんでしまったということである。沖は間違いなく、喜楽荘に二泊していた。

八月三日の夜七時三十分ごろに、沖圭一郎は喜楽荘についている。

沖はその日、正午に東京駅を出る新幹線に乗ったと言っていた。正午発の『ひかり二五号』は、午後の七時一分に博多に到着する。したがって、七時半ごろに喜楽荘についたというのは、時間的にもおかしくない。

一泊しての八月四日——。

沖圭一郎は朝食をすませたあと、八時半に喜楽荘を出ていったという。戻って来たのは夜の八時すぎで、それから沖は喜楽荘で晩飯を食べている。

沖はもう一泊して八月五日の早朝に、女主人と別れの挨拶を交わして、五時三十分に喜楽荘を出たという。始発の新幹線は、午前六時に博多をあとにする『ひかり六〇号』である。

　これに乗れば東京到着が、午後一時四十四分であった。経堂六丁目にある木村アパートに帰りついたのが三時、それから二時間後の午後五時に荒巻と御影が訪れたということで、時間的には矛盾がない。

　ここまでは事実であって、沖圭一郎の話に嘘はなかった。沖は間違いなく福岡へ来ているし、八月三日、四日と確かに喜楽荘に二泊している。

　問題は、八月四日の昼間の行動であった。八月四日の午前八時半に喜楽荘を出て、沖圭一郎が帰って来たのは午後八時すぎ、この約十二時間の空白にすべてがかかっているのである。

　東京都下の調布市で、十津川英子が殺されたのは、その八月四日の午後二時から三時までのあいだだったのだ。

　ところが、その肝心なときがそっくり、約十二時間の空白の中に、紛れ込んでしまっているのであった。

　その間、沖は寺社巡りをするのに、単独で福岡市内を歩き回っていたというのである。誰にも会っていない、人目にもつかなかった、タクシーにも乗っていないでは、沖が福岡にいたということは立証できないのだ。

　約十二時間の空白が空白である限り、たとえ福岡に二泊したことが事実であろうと、沖のアリバイは成立しない。

荒巻と御影は念のために、博多駅前の『勢一』という鰻屋に寄ってみた。繁盛しているのだろうか、とにかく混雑している博多駅前だった。

果たして、八月四日の昼食どきにどのような客が店にいたか、そんなことはとても記憶してはいられないということであった。沖の写真を見せても、従業員は残らず首を振るだけだった。

「あの店の混雑ぶりを知っていて、沖は〝勢一〟で昼飯を食ったなんて言いやがったんだ」

博多駅前から乗ったタクシーの中で、荒巻部長刑事は腹立たしげに舌打ちをした。

「福岡に二泊したのも、アリバイの擬装工作のためだったんですかね」

御影警部補は、右手の小指の爪を噛んでいた。

「擬装も工作も、あるもんか。やつにアリバイなんてものは、あるはずがないんだ」

荒巻は、手帳を開いた。

そこには、時間を示す数字らしいものが書き連ねてあった。

「飛行機の時間ですか」

荒巻の手帳をのぞき込みながら、御影はパチンと音を立てて爪を噛み切った。

「八月四日の午前八時半に、沖は喜楽荘を出ている。やつはその足で、空港へ直行したんだ」

「何時の飛行機に、乗ったことになるんです」

「十時五十分発の日本航空三五六便で、羽田につくのが十二時二十分だ。それからモノレール、国電、京王線と乗り継げば、午後二時に調布駅南口での待ち合わせには充分、間に合うってことになる」

「午後二時三十分に十津川英子を殺したとして、そのあと沖は徒歩で最寄りの駅へ向かう。そしてまた京王線、国電、モノレールを乗り継いで羽田に戻りますね」

「羽田発十七時五十五分、午後五時五十五分の三七一便というのがある。これは福岡着が十九時三十五分、午後七時三十五分となっている」

「空港から、喜楽荘へ直行する」

「四日の夜、沖が喜楽荘へ戻って来たのは、八時すぎだってことだったろう」

「何とか、時間的に符合しますね」

「これに、間違いないさ。やつは四日の昼間のうちに、飛行機で福岡・東京間を往復したんだ。そうすれば午後二時から三時のあいだに、調布市内で十津川英子を殺すこともできる」

「確かに、可能ですね」

「こんな子ども騙しのアリバイが、通用すると思っているのかねえ」

「日本航空に連絡して、搭乗客の名前を調べてもらいますか」

「どうせ偽名を使っているんだろうし、そこまで念入りにやらなくたって、はっきりした答えが出てしまうさ」

「ですが、あとひとつ珍事件を見物していたという話が、残っているんでしょう」

もう歯に引っかかる部分がないのに、御影はまだ爪を噛もうと努めていた。

「そいつもまた、子ども騙しみたいな話じゃないか」

荒巻は、苦笑した。

タクシーは、住吉神社の前を通りすぎた。間もなく道路は、那珂川の水路を渡ることになる。柳橋であった。その柳橋の手前で、タクシーは水路に沿って左折した。

更にもう一度、町中の道へ左に曲がったところで、タクシーは急停車した。正面に小学校らしい建物と、無人の校庭が見えた。住吉小学校なのに違いない。右側の角に、小さな公園があった。

荒巻と御影は、タクシーを降りた。冷房中の車内から出ると、とたんに全身が火照《ほて》るような暑さに晒《さら》される。福岡もまた、猛暑の日中だった。

小さな公園にも、人影はなかった。私有地ではないから公園というのかもしれないが、滑り台やブランコのほかにベンチが置いてある子どもの遊び場にすぎなかった。緑にも乏しく、木陰が少ない。

荒巻と御影は、住吉神社前の通りに戻った。通りに出たところの左側に、派出所があるのをタクシーの中から見かけたからである。その博多署の住吉宮前派出所には、若い警官がひとりでいた。

荒巻が一昨日の昼間、この近くの小公園で犬と猫の喧嘩から飼主同士の争いになるという騒ぎがあったかどうかを、若い警官に訊いてみた。

少年のような顔をした警官は、困惑の表情を示しながら笑った。東京からわざわざ二人の刑事が、妙なことを調べに来たものだと思ったのだろう。

しかし、警官はその珍事件があったことを、否定しようとはしなかった。小公園で中年の男女が、大変な見幕で争っているという知らせを受けて飛んでいったのは、いま目の前にいる若い警官だったのである。

その警官の説明を聞いたが、珍事件の内容については、沖圭一郎の話と完全に一致した。小さな三毛猫が大きな赤犬を圧倒し、それぞれの飼主である中年の男女の喧嘩となった。犬の飼主が猫にバケツの水を浴びせたことも、派出所の警官が仲裁にはいったことも、沖圭一郎の話のとおりだったのだ。

「その騒ぎがあったのは、八月四日の午後二時ごろだったということにも、間違いはありませんか」

荒巻は、不満そうな顔になっていた。

「八月四日の午後二時ごろに、間違いありません。騒ぎは十五分ほどでおさまりましたが、被害の届けもなく、町内でのちょっとした揉《も》め事ということで処理しました」

若い警官は言った。

「そのことは、本署にも報告しなかったんですか」

「もちろんです。ほんの些細な出来事ですし、笑い話としてすませるようなことでしたから……」

「すると、その騒ぎはニュースにもならないし、話として広まるといったこともなかったんですね」

「見物していた十四、五人の近所の人たちだけが知っていることで、それもすぐに忘れられてしまうような出来事でした」

「その場に居合わせた者だけが、知っている出来事ってことになりますか」

考え込む目つきで、荒巻はそう念を押した。

「そうですね」

若い警官は、首をひねった。いったい何のための質問なのか、警官には不可解なことだったのに違いない。

若い警官の好奇の目に見送られて、荒巻と御影は住吉宮前派出所を出た。荒巻も御影も、釈然としなかった。最後の詰めで、何かにつまずいたという感じだったのだ。

この珍事件についても、沖圭一郎の話は嘘ではなかったのである。しかも、八月四日の午後二時ごろに、福岡市博多区住吉神社前の近くにいなければ、知ることのできない出来事なのであった。

沖圭一郎は、その場に居合わせた人間のひとりだったというのだ。沖が八月四日の午後二時ごろに福岡にいたとすれば、もちろん同時刻に東京で十津川英子を殺すことは不可能なのである。

沖圭一郎のアリバイは成立する。

映画館にいたというアリバイを裏付けるために、そこで見た映画のストーリーを詳しく話して聞かせる。これは、アリバイの裏付けにはならない。映画は別の日に見ることもできるし、映画のストーリーは大勢の人々に知られているからだった。

だが、この場合はいささか、違っているのである。国内のある一定の場所だけで起こった珍現象であり、それは短時間に終わって、しかも二度とは繰り返されない出来事だったのだ。

その場にいなければ、知り得ないことであった。それも沖にとっては、旅先で触れ合ったエピソードなのである。近所の噂になっていることを、耳にしたわけではない。

それは確かに、沖圭一郎が八月四日の午後二時ごろに、福岡市博多区住吉の小さな公園付近にいたということを、立証するのであった。

ずいた。

「どうせ、小細工に決まっている」

小公園に引き返した荒巻は、むしろ意欲的な顔つきになっていた。彼は直射日光を浴びて汗を流しながら、公園の入口に突っ立っていた。やがて荒巻は、うんと声に出してうなずいた。

「この近所の家を、一軒残らず回ってみようじゃないか」

荒巻は、御影の肩を叩いた。

二人は直ちに、行動を開始した。片端から近所の家々を訪ねて歩き、そこの住人に『東京の沖圭一郎さんのお知り合いではありませんか』という質問を繰り返すのだった。

小公園を取り巻く住宅、小学校沿いに並ぶ商店や人家を、荒巻と御影は次々に訪れた。返ってくる答えは『そんな知り合いはいない』と、すべてが一致していた。一時間ばかりかかって、二十五軒の家を回ったが、結果は同じであった。

しかし、二十六軒目の家で、荒巻の思いつきを肯定する奇跡が起こったのである。住吉小学校前の文房具屋を兼ねる書店で、奥から出て来た四十前の女が、沖圭一郎という知り合いがいると答えたのだ。

その女は、未亡人であった。病死した夫はかつてペンギン・レコード専属の作詞家だったが、パッとしないその職業に見切りをつけて、郷里の福岡へ引き揚げて来たのだという。

その後、夫は中洲で馬賊料理の店などをやったりしたが、十二年前に病死した。沖圭一郎は夫の作詞家時代の仲間で、とても親しくしていた。以前は年に何回となく、福岡へ遊びに来てくれた沖圭一郎だった。

故人となった江藤という元作詞家の妻は、懐かしそうに目を輝かせながら、そのように語ったのである。同じような話を、沖圭一郎からも聞いていた。当然、江藤未亡人が知っている沖圭一郎とは、あの沖圭一郎だということになる。

その沖圭一郎から十年ぶりの電話が突然、江藤未亡人のところへかかって来たのは、八月四日の午後四時ごろだった。公衆電話であり、持ち合わせの硬貨がなくなるまで喋ろうということで、二十分ほど話を続けた。

沖圭一郎は明日にでも、お伺いしましょうと言った。だが、明日は子どもを連れて海水浴に行く予定なのでと、江藤未亡人は明後日の再会を希望した。しかし、その明後日というのが今日に当たるのだが、未だに沖圭一郎は姿を見せていないと、江藤未亡人は小首をかしげた。

「その電話であなたは沖さんに、そこの公園で犬と猫と人間が喧嘩したという話を、聞かせたんじゃありませんか」

荒巻が訊いた。

「あら、その話ですか。ええ、そうでしたよ。電話で沖さんに、話しました。その騒ぎを見物した直後に、電話がかかったでしょう。それに、あんまり珍しい事件だったんで、沖さんにも話して聞かせたんです」

江藤未亡人は、屈託なく笑った。

「騒ぎがあったのは午後二時ごろで、小さな三毛猫と大きな赤犬、双方の飼主が中年の男女と、あなたは詳しく話されたんですね」

「はい。でも、それが何か……」

「いや、別に何でもないですよ。それで沖さんはどこから、公衆電話をかけて来たんでしょうね」

「わたし、東京からとばかり思っていたので、特に確かめてはみませんでした。でも、女の声のアナウンスで日本航空とか全日空とかいう言葉が聞こえましたし、感じからいっても空港のロビーの公衆電話みたいでしたね」

江藤未亡人は言った。

「そうですか」

怒ったような顔で、荒巻は目をギロッとさせた。

八月四日の午後四時――。

十津川英子を殺したあと、五時五十五分発の日航機に乗るために羽田へ直行したのだとしたら、沖圭一郎はその時間に羽田空港のロビーにいたはずなのである。

11

荒巻と御影は再び、住吉宮前派出所を訪れた。電話を借りるためだった。

荒巻は東京へ、二本の電話を入れた。

最初の電話は、南調布署の捜査本部への報告であった。沖圭一郎が申し立てた虚偽のアリバイがあっさり崩れたことを伝えて、荒巻は岡戸捜査主任に世田谷区経堂六丁目の木村アパートにいる沖圭一郎の逃走を防ぐための手配を、強い調子で依頼した。

それから三十分ほど時間をおいて、荒巻は二本目の電話を入れた。木村アパートの沖の部屋に、電話をかけたのである。約束を守ったのか、それとも外出する気がなかったのか、沖圭一郎はアパートの部屋にいた。

「荒巻だけどね。あんたまずいじゃないか」

いきなり、荒巻はそう言った。

「はあ？」

応ずる沖の声は、暗く沈んでいた。

「ありもしないアリバイを主張すれば、あんたにとって不利になるんだ。それも子ども騙しのアリバイを申し立てるなんて、いったいどういうつもりなんだね」

「刑事さん、いま福岡なんですか」

「ああ、そうだ。ついさっき、江藤さんの奥さんから、話を聞かせてもらったよ。あんたの小細工は、通用しないってことさ」

「そうですか」

「そうですかって、澄ましていられる場合かね。あんたは、虚偽のアリバイを申し立てた。つまり、あんたにはアリバイがないってことなんだぞ」

荒巻の声は、自然に大きくなっていた。

沖圭一郎は、沈黙した。

「何も答えられないから、黙っているのか。調べればすぐにバレるような嘘をついておいて、あんたはそうして平然とアパートに居すわっている。こいつはまったく、どういうことなんだい。あんたとしては、もうほかに言うことがないのかね」

荒巻は腹を立てているらしく、やや興奮気味であった。

「仕方がありません。こうなったらほんとうのことを言いますよ」

間をおいてから、沖の曇った声が応じた。荒巻よりも沖のほうが、はるかに冷静でいるようだった。

「ほんとうのこと……?」

「迷惑をかけたくないので、黙っていたんですが、ぼくのアリバイを証明してくれる人がいるんです」

「まさか、中丸夫人じゃあ……」

「いや、その中丸夫人なんです。実は八月四日の午後、中丸夫人と会ったんですよ」

「八月四日の午後何時だ」

「午後三時からの三十分間です」

「場所は、どこだったんだね」

「博多会館ホテルの七一〇号室、中丸夫人が滞在している特別室です」

「二人きりで、会ったのか」

「ええ。事実かどうかは、中丸夫人に訊いてもらえばわかります」

「今度は、ほんとうなんだろうな」

「確かです」

「わかった。これから、博多会館ホテルへ行ってみる」

「よろしく、お願いします」

そう言って沖は、一方的に電話を切った。

「余計な手数をかけさせないで、初めからそう言えばいいんだ」

愚痴めいたことをつぶやきながら、荒巻部長刑事も送受器を置いた。

沖圭一郎は新たな証人を指名して、改めてアリバイがあることを主張したのであった。

八月四日の午後三時から三十分間、博多会館ホテルの七一〇号室で、沖圭一郎は中丸マリと会っていたというのである。

それを事実として中丸マリが認めれば、今度こそ沖圭一郎のアリバイは成立する。午後三時に福岡市の博多会館ホテルにいた沖圭一郎が、午後二時から三時までのあいだに東京で人を殺したということにはならないのだ。

完璧なアリバイであった。

だが、荒巻も御影も沖圭一郎のアリバイ主張の第二弾を、やはりまともには受け取っていなかったのである。完璧なアリバイを証明する確かな人間がいるのに、それを隠しているということは、絶対にあり得ないからだった。

アリバイが成立しなければ、沖圭一郎は殺人事件の犯人と看做《みな》される。犯人と決定すれば二度目の殺人であり、無期懲役は避けられないだろう。死刑という可能性もある。そうなればもう、沖としては必死ということになる。

いかなる理由や事情があろうと、アリバイの証人がいることを隠してなどはいられない。沖は最初から声を大にして、中丸マリという証人がいることを主張したはずだった。

だが、沖はそのことを最後の切札として残しておいて、簡単に底の割れるような小細工によるアリバイを申し立てたのである。どうして、そのような回りくどいことを、しなければならなかったのか。なぜ、二段構えにする必要があったのか。

おそらく最後の切札ということで、中丸マリの証言を温存しておいたわけではないのだろう。沖圭一郎は小細工を見破られたと知って、苦しまぎれに中丸マリという証人を、持ち出して来たのに違いない。

多分、八月四日の午後三時から中丸マリと会っていたというのも、沖圭一郎の作り話なのだろう。荒巻はそう思っているらしいし、御影もまたそんな気がしてならなかったのである。

博多会館ホテルは、祇園にあった。

七階建てのビルだが、五階までは大小のホール、会議場、結婚式場、宴会場、画廊などによって占められている。六階と七階だけが客室になっている、という中途半端なホテルだった。

福岡市内には、一流ホテルがいくつもある。それなのに参議院議員夫人が、どうしてこのようなホテルを利用しているのかと、思いたくなるほどであった。だが、それが選挙というものに際しての、一種のポーズなのである。

立候補者の妻は、質素でなければならない。一流ホテルに贅沢《ぜいたく》な滞在を続けているということになれば、有権者たちの反感を買う恐れがある。華やかに目立つことは、逆効果にもなるのだった。

それに、博多会館ホテルの隣りのビルに、中丸大樹後援会本部の事務所が置かれているということもあるらしい。

六階のフロントで、中丸マリへの面会を申し入れた。中丸マリは一時間前に外出先から戻って来て、現在は七一〇号室で休息中ということだった。約束がなければ、面会には応じられないというのである。

やむなく荒巻と御影は、東京から来た刑事だという身分を明かした。フロントから七一〇号室へ連絡がいき、すぐに面会に応ずるという中丸マリの返事があった。ボーイの案内で、二人の刑事は七一〇号室へ向かった。

中丸マリは、ひとりで部屋にいた。特別室といっても、寝室のほかに応接室兼食堂といった部屋があるだけだった。中丸マリは二人の刑事に、応接用のソファにすわるようにとすすめた。

もちろん、初対面である。しかし、かつての人気スターだった女優の顔は、親戚の連中の顔よりもよく覚えていた。最近はテレビのコマーシャルで、毎日のようにお目にかかっている。

そのせいか、初めて会ったという気がしなかった。だが、荒巻と御影は、柄にもなく固くなっていた。有名な美人に会っていると、意識するからだろう。それとはまた別に、一種の爽快感を味わっていた。

テレビで見るとおりの中丸マリで、違うところは媚びる笑顔ではいないという点である。

純白のスーツを着ていて、華やかなアクセントはオレンジ色のブラウスだけだった。装身具は、いっさいつけていない。

二児の母となった人妻らしい熟れ方をしているが、相変わらず清楚に美しい容姿であった。二十六歳の女ではあっても、セーラー服に着換えたら、たちまち清純な美少女に変わってしまいそうだった。

睫毛《まつげ》が長くて花弁のような唇をしていて、腺病質な愁い顔の美少女を、絵に描いたようである。これでセックスを知り出産の経験があるのだろうかと、疑いたくなるように上品な美しさと清潔感であった。

「沖圭一郎のことで、お尋ねしたいんですよ」

荒巻は揃えた膝のうえに、両手を重ねていた。荒巻のようなベテラン刑事でも、参議院議員の夫人で元人気女優ということになると、相手としてはやりにくいのだろう。

「やっぱり……」

中丸マリは目を伏せて、おずおずと言葉をこぼした。

疲れている顔だし、声もかすれていた。肉体的な疲れに心労も加わったというように、中丸マリの表情には憂いの色が濃くなっていた。

「やっぱりとは……？」

荒巻が、眉根を寄せた。

「たったいま、沖さんから電話がかかりましたの」

中丸マリは、短く吐息した。

「ここへですか」

荒巻は、御影と顔を見合わせた。

「ほんの三、四分の電話でしたけど……」

憂鬱そうにマリは、窓の外へ視線を投げかけた。

「沖はどんなことを、言って来たんです」

「テープに録音されているはずですから、お聞かせしてもよろしいですわ」

「録音されたんですか」

「選挙にかかわっておりますと、わたくしにもいやがらせの電話をかけてよこす人もいるんですの。それで万が一の場合を考えて、わたくしが受けた電話は、スイッチを入れると自動的にテープに録音されるようになっているんです。沖さんから電話がかかったときも、わたくし何となくスイッチを入れましたので……」

「それは大変、助かります。ところで奥さん、沖が出所してから何度か電話をかけて来たと思うんですがね」

「はあ。最初の電話は八月三日の夜、このホテルにかかったようでした。わたくしは丁度、留守にしておりましたので、メッセージでそのことを知りました」

「八月四日の朝にも、電話がかかったんじゃありませんか」

「はあ。そのときはわたくしが直接、電話に出て沖さんとお話したんです。沖さんは早急に会いたいとおっしゃったんですが、わたくしのほうがスケジュールがぎっしり詰まっていて、とても都合がつかないからとお断わり申し上げました」

「沖からの電話は、それっきりかからなかったんでしょうか」

「いいえ、八月四日の夜十時ごろ、また沖さんから電話があったそうです。そのときも、わたくしは出かけておりまして、メッセージを読んだだけなんですけど……」

「そのメッセージには、どんなことが書いてあったんです」

「もう諦めました、明日早朝に東京へ帰ります。と、これだけのメッセージでした」

「すると奥さんは沖と、まったく会っていらっしゃらないんですね」

「はあ」

「八月四日の午後三時から三十分間、この部屋で奥さんと会っていたって、沖は言っているんですがね」

「そういう事実は、まったくございませんわ。わたくし、沖さんの顔も見ておりませんし……」

　そう言って、マリは立ち上がった。

　荒巻と御影は、奥の寝室へ消えるマリの後ろ姿を見送った。予測したとおり沖圭一郎は、またしても嘘をついたのである。八月四日の午後三時から三十分間、ホテルの部屋で沖圭一郎と会っていたということを、中丸マリはきっぱりと否定したのだった。

中丸マリも、証人ではあり得なくなった。沖の最後の切札は、まぼろしに終わったのだ。これで擬装したという事実だけを残して、沖圭一郎のアリバイは成立しないことになったのである。

テープ・レコーダーを手にして、中丸マリが戻って来た。マリは慣れた手つきでテープを逆戻しさせると、再生のスイッチを入れた。中丸マリと沖圭一郎の声が、電話でのやりとりとなって聞こえて来た。

「これからそこへ、東京の刑事が行くはずです。それで、その刑事に言ってもらいたいんですよ。八月四日の午後三時から三十分ばかり、ぼくはあなたと一緒にそこの部屋にいたってね」

「いったい、どういうことなんですか」

「あなたが、ぼくのアリバイを証明することになるんですよ。もし、あなたがそれを否定したら、ぼくは十津川英子殺しの犯人にされてしまいます」

「だからって、わたくしが嘘をつくんですか。会ってもいないあなたと、一緒にいたなんて……」

「ぼくを救うためには、あなたが嘘をつくほかはない。あなたの嘘が、あなたの証言が、ぼくの今後を決定づけるんです。あまり恵まれなかったぼくの人生ですが、せめてその残りぐらいは、あなたの手で救ってもらいたい。要するに、ぼくの運命を決めるキャスチングボートは、あなたが握っているんですよ」

「わたくしには、とてもできません。嘘をつく勇気もないし、主人に迷惑をかけるようなことは……。無理です、とても無理です」

「どうしても……?」

「やめて下さい、お願いです」

「そうですか」

「わかって下さい、沖さん」

「わかりましたよ。……さよなら」

電話は、そこで終わっていた。

落ち着いていて冷静で、笑いを含んでさえいるような沖圭一郎の声が、御影には印象的であった。

「やつは、死ぬ気だ!」

不意にそう叫んで、荒巻が腰を浮かせた。

12

沖圭一郎は、八月六日の午後五時十二分に死亡した。

午後五時十二分というのは、荒巻と御影が博多会館ホテルの七一〇号室で、テープに録音された沖圭一郎と中丸マリの電話でのやりとりに、耳を傾けているころであった。

つまり、博多会館ホテルの中丸マリのところへかけた電話を切った直後に、沖圭一郎は死に向かって行動を起こしたのである。

わかりましたよ。……さよなら。

これが、中丸マリに残した沖圭一郎の最後の言葉だった。その最後の言葉をテープで聞いて、荒巻は沖圭一郎が死ぬ覚悟でいることを直感した。

「やつは、死ぬ気だ！」

荒巻が思わずそう叫んだのも、彼自身の直感によるものであった。

だが、それより数分前に沖圭一郎は、すでにこの世から消滅していたのである。

沖圭一郎は、木村アパートの部屋を出た。サンダルを突っかけて、ゆっくりと歩いていく。彼の動きを監視していた刑事たちも、さりげなくそのあとを追った。

沖圭一郎はまるで、タバコでも買いに行くように、のんびりと足を運んでいる。それだけに、監視する刑事たちにも、油断というものがあったのだ。経堂駅の南寄りから、小田急線の踏切を渡る道に出たとき、沖圭一郎は急に駆け足になった。

踏切の警報機が、鳴り始めていた。その踏切に向けて、沖圭一郎は疾走した。踏切の遮断機をくぐって、沖は線路の中にはいり込んだ。

そこで刑事たちはようやく、沖の疾走の意味を知った。逃走するのではなく、死ぬつもりなのだ。刑事たちは、沖の名前を呼びながら走った。だが、間に合わなかった。

小田急線の上り特急電車が踏切を通過したとき、沖圭一郎の姿は地面に吸い込まれるように消えていた。

沖圭一郎を車輪に巻き込んだ電車の急ブレーキの音が、耳の中をかき回すように聞こえて、あたりに響き渡った。一瞬にして沖の生は、死に転じたのであった。

もちろん、即死である。

刑事たちの目の前で、沖は電車に飛び込んだのだ。それは、紛れもなく自殺であった。

沖圭一郎は自殺した――。

これほど、彼が十津川英子殺しの犯人であることを、明白に物語る結論はほかになかった。犯人でなければ、自殺する必要はない。もはや逃れることはできないと観念した殺人犯であればこそ、みずから死を選んだのである。

十津川英子殺害事件は、発生以来わずか三日にして解決を見たのだった。

沖圭一郎の犯行について書類送検をすませると、南調布署に設けられた捜査本部は解散した。後味の悪い一件落着で、捜査本部解散には付きものの乾杯も、行われなかったのである。

物的証拠はなかったが、次のような状況証拠により、沖圭一郎を犯人と断定せざるを得なかったのであった。

一　沖には十津川英子を殺す動機があった。

二　沖が甲府刑務所を出所して十日後に、十津川英子は殺された。

三　清水初江の証言により、十津川英子を呼び出した電話の相手は沖だったということが明らかにされた。

四　沖はアリバイについてあれこれと嘘をつき、アリバイ擬装の工作に努めた。

五　そのアリバイはすべて否定され、沖には結局アリバイがなかった。

六　沖圭一郎は、自殺した。

沖圭一郎の遺書らしきものは、発見されなかった。ただ、彼の遺体のポケットの中に、新聞の折込み広告がはいっていた。その広告の裏面には、沖の筆跡による走り書きが認められた。

『もしもお前が振り向いたら』と、ボールペンで書かれていたのである。この言葉の意味は、分析するまでもなかった。それは、むかし沖自身が作詞して、商品化されることもなく終わった流行歌の歌詞の一節だったのだ。

捜査本部が解散して、二日がすぎた。

南調布署の捜査一係の部屋は、何となく気の抜けたような雰囲気の中にあった。十津川英子が殺された事件の解決が、あまりにもあっさりとしすぎていて、しかも後味が悪かったということも影響しているのだろう。

それに、暑さぼけもある。新しい事件でも起こらなければ、気分一新を図れそうにはなかった。心の整理がつかないときのように、無気力でいるのだった。

荒巻部長刑事だけが、ひとり晴れやかな顔でいた。事件解決に貢献したことで、気をよくしているわけではない。しかし、沖圭一郎を自殺に追い込んだことを、悔んでいる様子もなかった。

御影正人は、また浮かない気持ちになっていた。忘れていた五十万円の宝クジのことが、またぞろ頭の中での堂々めぐりを始めていたのであった。

「何か、心配事でもあるのかね」

荒巻が近づいて来て、御影の背中をどやしつけた。

「いや、別に……」

御影は爪を嚙むのをやめて、荒巻の笑っている顔を見上げた。

「いつまでも、くよくよ考え込んでいる。それが、インテリの悪いところだ」

椅子を引き寄せて、荒巻はそれにすわった。荒巻は御影の胸のうちを、勝手に解釈しているようだった。

「沖圭一郎の自殺について、考えているわけじゃありませんよ」

御影は目を細めて、はじけそうに明るい窓外の午後の景色を見やった。今日もまた猛暑が、人影のない視界にしていた。

「自業自得というやつだよ。まあ、死んでもやむを得ないんじゃないかな。ああいったろくでなしは……」

荒巻は言った。沖圭一郎のこととなると、荒巻は未だに感情的な表現を用いる。

それが御影には、不思議でならなかった。荒巻は沖圭一郎に対して、個人的な恨みでもあるのだろうかと、思いたくなるくらいだった。

「部長《チョウ》刑事さん、御影君、ちょっと来てくれ」

と、捜査一係長の大きな声が、飛んで来た。

野中係長には、三十分ほど前から来客があった。部屋の一隅に応接用のセットが置かれていて、そこでさっきから野中係長は男の客と話し込んでいたのである。声をひそめているし、係長も男の客もかなり深刻な顔つきでいた。

荒巻と御影は、部屋の隅へ足を運んだ。係長と男の客が、ソファから立ち上がった。野中係長が、五十年配の男に荒巻と御影を引き合わせた。

五十年配の男は、いかにも中年の紳士という感じであった。気品がある顔だし、白い上下の背広や銀色のネクタイも安物ではなかった。地位のある学者か、事業家というタイプだった。

男は荒巻と御影に、一枚ずつ名刺をくれた。その名刺には城崎久仁彦という名前のほかに、『北都音楽学院・理事長』なる肩書が印刷されてあった。北都音楽学院の所在地も、城崎久仁彦の自宅の住所も、ともに北海道の札幌市となっている。

「こちらの城崎さんは所用で今日、上京されたわけだが、まずは真っ先にとわざわざ調布までおいで下さったんだ。しかも、城崎さんは重大な話をわれわれの耳に入れるために、お見えになったんだがね」

全員が席につくのを待って、野中係長が言った。野中係長の表情は厳しく、目つきは苦悩するように暗かった。

「どういうことなんでしょう」

右膝で貧乏揺すりをしながら、荒巻部長刑事が訊いた。

「恐れ入りますが、もう一度同じお話をこれたちに直接、聞かせてやって頂きたいんですがね」

野中係長が、城崎久仁彦に会釈を送った。

「結構ですよ」

城崎久仁彦は姿勢を正して、二人の刑事の顔を交互に見やった。

「わたしは、沖圭一郎君とは古い知り合いでしてね。わたしも以前は東京にいて、作詞家の端くれでした。それで、若いときの沖君の作詞を見てやったりしたものですから、まあ師弟関係といったものができてしまったわけなんです。その後、わたしは引退して、札幌に音楽学校を創設して今日に至っているのですが……」

城崎久仁彦は、そのようにまず前置きを述べた。

どうやら沖圭一郎のことで、城崎久仁彦は重大な話というのを持ち込んで来たらしい。それが重大なことであることを、野中係長も認めているのだ。

いまさら沖圭一郎に関して、深刻に受けとめなければならないようなことが、果たしてあるものなのだろうかと、御影正人はふと不安になっていた。

「それで、沖君が殺人事件の容疑者として追及を受けるとともに、彼が自殺したことによって犯人と断定されたという新聞報道を詳しく読んでみて、わたしは驚いたんですよ。こんな馬鹿なことがあるかって、思わず叫んだくらいでした」

城崎久仁彦は、そう言って唇を噛みしめた。

「どうしてなんですか」

荒巻が訊いた。反論したいことは荒巻として当然だが、その前に彼は早くも不満の表情を露骨に示していた。

「沖君にアリバイがないということが決め手になったようですが、それは明らかに警察の見込み違いなんですよ」

城崎久仁彦は、毅然とした面持ちで決めつけた。

「見込み違いだなんて、そんなはずはありません」

苦笑しながら、荒巻は首を振った。

「そう言いきれますか」

「もちろんです。沖は九州の福岡にいたと、アリバイを主張しました。しかし、その主張は口から出任せのデタラメで、アリバイなんてまったくの嘘だったんですよ」

「九州の福岡にいたというアリバイは、確かに沖君の嘘だったんでしょうな。それが嘘だということは、わたしがいちばんよく知っていますからね」

「どういうことなんですか、それは……」

「九州の福岡にいたというアリバイは、嘘であって成立もしません。しかし、沖君にはこれ以上、完璧なものはないといえるアリバイが、ほかにあったんですよ」

「意味が、よくわかりませんが……」

「八月四日の昼間、沖君はわたしと一緒に北海道の札幌にいたんです」

「え……？」

「沖君はわたしのところへ、今後の身の振り方や就職について、相談にやって来たんですよ」

「まさか……」

「いや、事実です」

「八月四日に、間違いなかったんですか。一日ぐらい、錯覚するということもありますんでね」

「八月四日は、わたしの母の命日なんです。いまの若い人と違って、親の命日を間違えるようなことはありません」

「八月四日の何時ごろに、沖は札幌にいたんでしょう」

「沖君は八月四日の飛行機で、札幌につきました。福岡から札幌へ直行する日航機で、福岡発が九時五十分、札幌着が十二時五分です」

「帰りは」

「札幌発が、午後四時の福岡行きに乗りました。ただし、この便は出発が一時間ほど、遅れましたがね。わたしは千歳空港まで彼を迎えに行き、帰るときも彼とは空港で別れましたよ。つまり、沖君は八月四日の正午すぎから午後四時まで、北海道にいたんです。その間、わたしがずっと一緒でした。それでも沖君には、アリバイがないということになるんですか」

城崎久仁彦は怒りを覚えているらしく、詰問する口調になっていた。

「そんな……」

荒巻部長刑事は、絶句していた。荒巻としては、『そんな馬鹿なことが』と言いたかったのだろう。

御影正人も、同感だった。

沖圭一郎には、北海道にいたという完璧なアリバイがあった。それなのに、どうして沖圭一郎は九州にいたなどと、嘘で固めたアリバイを主張したのか。なぜ、彼は犯人であるかのように、自殺しなければならなかったのか。

同時に、真犯人は別にいるということにもなるのである。

中章　再捜査

1

城崎久仁彦は、沖圭一郎と札幌で会った、という言い方をした。だが、正確にいえば二人は、千歳市で会ったのである。

刑務所を出所した三日後に、沖圭一郎は札幌に住む城崎久仁彦のところへ電話をかけて来た。長年の無沙汰を詫び、出所の挨拶をすませたあと、沖圭一郎は今後の身の振り方について相談に乗って欲しいと、城崎久仁彦に用件を伝えた。

「電話で片付く用件ではないし、一度会おうじゃないか。きみのほうから札幌へくるか、それともわたしが上京する機会を待つかしてね」

城崎久仁彦は、そのように答えた。

「そうさせて頂きます。また改めて、ご連絡しますから……」

と、沖圭一郎も、それで納得したのである。

城崎久仁彦は多忙だったが、たまたま八月四日に暇ができた。母親の命日なので墓参に行くが、あとはそっくり身体があくということになったのだ。

いい機会だと思ったので、城崎久仁彦のほうから連絡をとってやることにした。城崎は聞いておいた連絡先に、電話を入れてみた。沖圭一郎はアパートの部屋にいて、すぐに電話に出た。

　それは、八月二日のことだった。

「明後日《あさって》は、どうだろうね」

「明後日、八月四日ですか」

「暇を持て余しているんじゃないのか」

「実は明日、福岡へ行こうと思っていたんです」

「福岡へ……」

「是非とも会っておきたい人が、いま福岡にいるというもんですからね」

「そうか、だったら都合はつかんだろうな」

「待って下さい。福岡から札幌へ、直行する飛行機があるでしょう。それで、札幌まで伺いますよ」

「札幌に、泊まれるのかね」

「いいえ、その日のうちに、福岡へ引き返します」

「それじゃあきみ、大変じゃないか」

「いまここに列車の時刻表がありますけど、最後のほうに航空機の時刻表も載っています」

「何もそんな、無理をすることはないんだよ」

「いや、ぼくにとっては、重大なことなんですから……。ええと、日本航空の福岡発九時五十分という便があって、札幌には十二時五分につきます」

「十二時五分ね」

「それから、帰りは札幌発十六時というのがあるので、これに乗ることにしますよ」

「十六時発の便に乗るんだったら、その一時間前には空港にいなければならない。そうなると、きみが北海道にいる時間は、十二時すぎから午後三時までで、三時間たらずってことじゃないか」

「でも、相談に乗って頂く時間は、二時間もあれば充分でしょう」

「しかし、千歳空港から札幌市内までの往復の時間を差し引いたら、三十分ぐらいしか残らないことになる」

「なるほど、そうですね」

「いや、待てよ。何も札幌市内で、会う必要はないんだ。わたしが、空港まで行けばいいんじゃないか」

「そんなご迷惑はかけられません」

「かまわんよ。千歳空港の近くで会えば、たっぷり二時間は話し合える」

「ほんとうに、よろしいんですか」

「千歳に〝寿司勘〟という鮨屋があるんだが、わたしにとっても馴染《なじ》みの店でね。そこだったら、ゆっくりもできるし……」

「申し訳ありません」

「じゃあ、そういうことに決めようじゃないか」

「だったら、今日のうちに航空券の手配もしておきます」

「空港まで、迎えに行く」

「よろしく、お願いします」

　こうしたやりとりがあって、城崎久仁彦と沖圭一郎は千歳市内で会うことになったのである。

　札幌市ではなく正確には千歳市ということになるが、もちろんその違いは問題にならなかった。札幌も千歳も、同じなのである。千歳市にいたということでも、沖圭一郎のアリバイは完璧なのであった。

　当日──。

　八月四日の十二時五分という定刻に、福岡発九時五十分の日本航空五八一便は千歳空港に到着した。

　空港ロビーでまず、城崎久仁彦と沖圭一郎は再会を喜び合った。そのあと城崎は沖を、千歳市の繁華街にある『寿司勘』へ案内した。

　城崎は、小座敷を予約しておいた。『寿司勘』の小座敷で、城崎と沖はビールで乾杯した。それから約二時間半を、二人は一緒に過ごしたのである。

ビールを飲み、道産特製の握りやエビちらしを食べながらの話し合いであった。だが、話し合いのほうは、満足すべき結論には至らなかった。

城崎は沖が希望する線に沿っての相談に、応じてやれなかったのである。沖圭一郎はすでに、芸能界には無縁の人間であった。作詞家としてカムバックしたくても、タレントのマネージャー業をやりたくても、芸能界が彼を相手にしてくれるはずはなかった。

沖自身もその点は充分に承知していたし、またチャンスがあろうと復帰する意志はないということだった。今後の人生を新しくやり直したいというのが、沖圭一郎の希望するところだったのである。

沖圭一郎は、結婚して北海道でひっそりと暮らしたい、目立つことのないような生活を送りたいと、洩らした。

それで、とりあえず『北都音楽学院』で働かせてもらいたいというのが、沖圭一郎の具体的な依頼だったのだ。北都音楽学院には『作詞科』というのがあるので、そこの講師にでもと沖は期待していたらしい。

しかし、北都音楽学院は短期大学として、いまや北海道で一流とされている学校であった。良家の子女が学生の大半を占めていることから、名門の短期大学という見方さえされている。

いかに理事長といえども、城崎久仁彦の独裁は許されない学校法人なのだ。当然、沖圭一郎を講師に迎えるには、理事会と教授会の承認を得なければならない。

ところが、理事も教授たちも一流校とか名門校とかいう自負が強すぎるくらいで、何かにつけてそのことにこだわるのである。そうした理事や教授が、殺人罪で服役して来た沖圭一郎を講師に迎えることに、賛成するはずはなかった。

全員が、猛烈に反対する。承認どころか、議題にもしたがらない。結果を見なくても、城崎久仁彦にはわかりきっていることだった。

それで城崎は、その相談には応じられないと、はっきり断わったのである。

「そうですか。いまや頼れるのは、城崎先生だけだったもんですから……」

沖圭一郎は、失望の色を隠さなかった。それだけ、ひどく落胆したのだろう。

二人が『寿司勘』を出たのは、午後三時すこし前であった。だが、空港へ直行したところ、十六時発の五八二便は出発が一時間ほど遅れるということだった。

城崎は一時間ばかり付き合うことにして、沖圭一郎と空港のロビーで雑談を交わした。

城崎が沖と別れることにしたのは、午後四時になろうとしているころであった。

「いつまでも、付き合って頂くのは恐縮です。もうどうぞ、おかまいなく。ぼくも九州へ、電話を入れたりしますので……」

沖圭一郎が、そう言ったのである。

「そう。だったら、わたしも帰らしてもらう」

城崎久仁彦は、立ち上がった。

「いろいろと、お世話になりました」

「お役に立てなかったことが、心残りだけどね」

「とんでもございません。親切にして頂けたことは、決して忘れませんから……」

「ほかの就職だったら、相談に乗れると思うんだがね」

「いや、作詞以外には何もできない人間ですし、技術者でもない四十男となると、まともな就職は不可能でしょう」

「あまり、悲観的に考えないほうがいい」

「それに、ぼくには歓迎されない経歴がありますからね」

「それを言われると、わたしも辛いんだが……」

「いや、そんなつもりじゃありません」

「とにかく、また何かあったら、連絡してくれたまえ」

同情する目つきで、城崎は沖圭一郎を見やった。

「ありがとうございます」

沖圭一郎は笑った。孤独な男の寂しい笑顔であった。

城崎は、沖と別れた。そのときの城崎久仁彦は、これが再び会うことのない別れになるだろうとは、夢にも思っていなかったのである。

城崎久仁彦は北都音楽学院の理事長として、北海道では名士とされている人物であった。良識ある紳士ということで、その生活態度や社会的信用にも、非の打ちどころがないという。

また城崎久仁彦と沖圭一郎は、過去の一時期に師弟関係にあり、十数年ぶりに会った古い知り合いということになる。沖圭一郎は城崎久仁彦を尊敬し、何かのときに力になってくれる師として信頼していたのだった。

そのうえ、城崎久仁彦と沖圭一郎に、利害関係はない。

城崎久仁彦が沖圭一郎のために、虚偽のアリバイの証人になったりするはずはなかった。城崎久仁彦にとっては、まったく無意味な嘘である。同時に彼は、世間や警察を欺くような人間ではない。

更に、城崎久仁彦と沖圭一郎が共謀してアリバイ工作をしたのであれば、もっと早いうちに持ち出して来て、警察に対し強硬な主張を試みたはずだった。

ところが沖圭一郎は、千歳市で城崎久仁彦と会っていたということには、触れもしなかったのだ。城崎久仁彦という名前さえ、沖圭一郎は口にしなかった。

城崎久仁彦も、沖圭一郎が自殺してから、捜査本部解散後の南調布署を訪れたのである。沖圭一郎が自殺してから、彼のアリバイを立証するといった擬装工作があるものだろうか。

城崎久仁彦は、真実を語っているのである。

つまり、沖圭一郎には千歳市にいたという完璧なアリバイがあって、それを城崎久仁彦が明確に立証しているのだ。

母親の墓参をすませてから、城崎久仁彦は千歳市へ向かったという。八月四日という母親の命日を間違えるはずがなく、城崎久仁彦は日時の錯覚もしていないのである。

十津川英子は八月四日の午後二時二十分ごろ、東京都下の調布市で殺された。

沖圭一郎は八月四日の正午すぎから、四時近くまでを城崎久仁彦とともに、北海道の千歳市で過ごしている。

これ以上に完璧なアリバイは、ほかにないだろう。沖圭一郎は十津川英子殺しの犯人になりたくても、なり得ないということになる。

「いつまでも、付き合って頂くのは恐縮です。もうどうぞ、おかまいなく。ぼくも九州へ、電話を入れたりしますので……」

沖圭一郎は空港ロビーで、城崎久仁彦にそう言ったという。

飛行機の出発が遅れているために、城崎久仁彦は帰るに帰れなかった。そうした城崎に遠慮して、沖圭一郎は別れのキッカケを作ったのである。

だが、それだけではなかった。沖圭一郎は事実、千歳空港のロビーから九州へ電話をかけたのであった。

その電話の相手は、福岡市の住吉小学校の近くに住む江藤未亡人だったのだ。沖圭一郎は翌日にでも、江藤未亡人に会う気でいたのだろう。それで、都合を訊くために電話をかけてみようと、思い立ったのに違いない。

しかし、江藤未亡人は子どもに海水浴へ連れていくと約束してあったので、明後日の再会を希望した。それならば硬貨が続く限り公衆電話で喋ろうということになり、沖圭一郎と江藤未亡人は二十分ほど話し込んだ。

そのときついでに江藤未亡人は、例の犬と猫の喧嘩について沖圭一郎に話して聞かせたのである。

江藤未亡人が、沖圭一郎からの電話を受けたのは八月四日の午後四時ごろだったという。沖圭一郎が千歳空港の公衆電話を使ったのも、城崎久仁彦と別れた直後の午後四時ごろだったのだ。

江藤未亡人は沖圭一郎が、東京から電話をかけて来たものとばかり思い込んでいたので、いまどこにいるのか確かめようともしなかった。だが、江藤未亡人は、次のような言い方をしていた。

「女の声のアナウンスで日本航空とか全日空とかいう言葉が聞こえましたし、感じからいっても空港のロビーの公衆電話みたいでしたね」

それを荒巻行男部長刑事と御影正人警部補は、即座に羽田空港のロビーと判断したのである。しかし、そのときの沖圭一郎は、実は千歳空港のロビーにいたのだった。

南調布署では日本航空に、搭乗者の氏名の確認を依頼した。その結果、八月四日の札幌・福岡間の二便の搭乗客の中に『沖圭一郎』の名前があることが明らかになった。

福岡発九時五十分の五八一便。

札幌発十六時の五八二便。

なお札幌発の五八二便は、出発が一時間近くも遅れて、十六時五十分に離陸している。福岡着も同じように遅れて、到着時刻は十九時十五分であった。

この夜、沖圭一郎は八時すぎに『喜楽荘』に帰りついている。飛行機が遅れたために、そういう時間になったのだろう。

南調布署では更に、警視庁を通じて北海道警の諒解を求め、二名の刑事を千歳市に派遣した。城崎久仁彦の証言のウラを取るためだった。

『寿司勘』の主人と従業員たちが、城崎久仁彦の話が確かであることを認めた。まあ常連に近い客で、しかも名士である城崎久仁彦のことを、『寿司勘』の主人も従業員も忘れてはいなかったのだ。

八月四日の午後の約二時間と三十分を、城崎久仁彦は『寿司勘』の小座敷で、同行の男とともに過ごしている。そして同行の男とはこれに間違いないと、『寿司勘』の主人と従業員全員が、数葉の写真の中から沖圭一郎の顔写真を選び出したのである。

これで、沖圭一郎犯人説は、完全に否定されたのであった。

再捜査が、必要になったのだ。

2

再捜査が必要になったからと、もう一度捜査本部を設置するわけにはいかなかった。具体的な目星がつくまでは、南調布署の独自の捜査に任されることになった。

今回の失敗は明らかに荒巻部長刑事の黒星であり、延《ひ》いては南調布署の責任だった。南調布署の捜査一係がそのまま専従班というかたちをとって、捜査に従事することになった。

十津川英子を殺す動機があって、はっきりと名前が挙がっている男が二人いた。ひとりは『ケイ』の共同経営者、あるいは出資者というべきかもしれない砂川多喜夫であった。だが、砂川多喜夫にも、確かなアリバイがあったのだ。

砂川多喜夫は八月四日を終日、箱根の芦ノ湖畔で過ごしていたのである。ゴルフに興じていたのだ。

この日、まだ暗いうちに東京を出発して、砂川多喜夫は八人のゴルフ仲間とともに箱根へ向かった。日暮れ前に箱根をあとにして、途中横浜に立ち寄り、中華街で食事をすませて夜遅く帰京した。

この間、砂川多喜夫は単独行動をとっていない。箱根のゴルフ場でも終始一緒だったと、仲間たちが口を揃えて証言した。ゴルフ仲間は全員が確かな人間たちであり、彼らの証言も信用できる。

砂川多喜夫のアリバイは成立した。

したがって、砂川多喜夫はシロである。

問題はもうひとりの男、大出次彦のほうにあった。

「わたしは、事件に無関係だ」

大出次彦はその一点張りで、捜査にも協力しようとしないのである。参考事情の聴取にも、応じようとはしなかった。

大出次彦は、明らかに逃げているのだった。彼は自分の行動が、参議院選挙に影響することを何よりも恐れている。

大出次彦がスキャンダラスなかたちで殺人事件に関係し、それがマスコミに大々的に扱われたり、怪文書となって流布されたりすることに、恐怖感さえ覚えているのだ。

万が一、そのことが『民主クラブ』のイメージ・ダウンを招き、参議院選の敗因にでもなろうものなら、それこそ死んで詫びなければならない。

民主クラブの有力代議士であり、民主クラブの選対委員長でもある小早川武市の大番頭とまでいわれる秘書として、大出次彦の責任は重かった。

根が真面目な男であり、生まれて初めてのスキャンダルの危機に直面して、大出次彦は神経質になりすぎている。思いつめたあげくにノイローゼとなり、自殺するかもしれないのだ。

それに、大出次彦の背後には、小早川武市代議士という大物が控えている。いざとなれば小早川代議士は、警察の選挙妨害とか選挙干渉とか、抗議を申し入れてくるのに違いない。

任意同行を拒まれれば、それっきりであった。強制捜査に踏み切れるほどの証拠も、証言もないのである。いまのところは自宅を訪れて、大出次彦と無駄話のようなやりとりを交わすほかはないのだ。

それも、昼間は会うこともできなかった。自宅にはいない、行動先不明ということになっている。夜遅くなって、真っ暗なわが家に帰ってくるのであった。

今夜もすでに、十一時をすぎている。

三鷹市の井の頭三丁目にある大出家には、門灯の明かりも見当たらなかった。古い家で、門までがむかし懐かしい旧式な造りであった。

樹木の茂みが、闇を厚くしている。その闇の中に、平屋建ての古い家が吸い込まれていた。すぐ北に、吉祥寺駅周辺の繁華街があるとは思えなかった。やはり、井の頭公園にほど近い住宅地、といったほうがピンとくる静けさだった。

「スクープを狙う新聞記者《ブンヤさん》の心境だな」

荒巻部長刑事がしゃがみ込んで、路上の小石を拾った。

目つきだけは鋭いが、何となく冴えない顔色だった。当然のことながら、荒巻部長刑事は今回の失敗にショックを受けている。そのショックの色を、さすがの老練刑事も隠しきれないのである。

汚名挽回のために何とかしなければならないと、荒巻部長刑事は責任を感じているし、意欲にも燃えている。それが荒巻の目つきに、はっきりと表われているのだ。

しかし、やはり心に受けた屈辱の傷は、そう簡単に癒《い》えるものではない。同時に、荒巻は自信を失っている。そのことが荒巻の表情を、暗くさせているのだった。

「暑くないので、助かりますよ」

対照的に屈託のない顔で、御影警部補は言った。

「まあ、蚊もいないことだし……」

荒巻は、小石を投げた。

ころころという音だけを残して、小石は闇の中に消えた。

「それにしても、陰気な家ですね」

これもまた古い感じの板塀に、御影警部補は恐る恐る寄りかかった。

「家というものは、家族が住んでいなければ陰気になる」

「大出の奥さんは、子どもを連れて実家に帰ったんだそうですね」

「それも、実家へ避難したというんじゃないらしい」

「奥さんは怒って家を出て、実家へ帰ったということですよ」

「つまり、奥さんは家出をしたんだ。喧嘩別れというやつさ」

「大出と十津川英子の関係がわかってしまい、それで奥さんは激怒したという話でしたね」

「これまで大出には一度も、浮気の経験がなかった。それだけに、奥さんのショックも激しかったんだろう」

「離婚ということになりますか」

「たとえ大出がシロであったにしろ、夫婦の仲が元の鞘に納まるということはないと思うね」

「悲劇だな」

「離婚することは、悲劇じゃないんだ。離婚しなくてもすむようなことで、離婚してしまう。それが、悲劇なんだよ」

「いずれにしても、誰ひとりとして待っている者がいないわが家へ、夜遅くなって帰ってくる。悲しくて、寂しい話ですよ。考えただけでも憂鬱になるような、孤独な男ってことになります」

「いまはわたしだって、憂鬱で孤独な男だよ」

荒巻部長刑事は、自嘲的な苦笑を浮かべた。

「あまり、気にしないほうがいいですよ。真犯人《ホンボシ》を挙げれば、すべては帳消しになるんですからね」

御影正人は、うまいことが言えない性質《たち》であった。そのせいか、他人を慰めることも苦手である。だが、いまは荒巻部長刑事に対して口にできるのは、慰めの言葉だけなのであった。

「こうして、大出の帰りを待っている。それが意味のある捜査と、いえるのかどうか……」

荒巻は、首をひねった。

「自信のなくしすぎでしょう」

これまでの荒巻をよく知っているだけに、御影には誇り高き先輩刑事が気の毒でならなかった。

「今回の失敗は、わたしの先入観と自信過剰が原因になっている」

「荒巻さんの自信喪失には関係なく、自分は大出をシロと見ていますよ」

「その根拠は……？」

「指輪です」

「指輪……」

「十津川英子の死体は、指輪をはめていましたね」

「三百万円のダイヤの指輪か」

「あの指輪は、小早川代議士が大出次彦に与えたものです。手切金の代わりに、十津川英子にプレゼントしろということでね」

「指示されたとおり、大出は十津川英子に手切金として、ダイヤの指輪を渡した。ところが十津川英子は、ちゃっかりダイヤの指輪だけを受け取っておいて、別れ話には耳も貸さなかった」

「そのために進退極まった大出次彦は、十津川英子を殺した。これが、大出の英子殺しの動機というわけです」

「うん」

「だとしたら、大出次彦は十津川英子を殺したあと、指輪をそのまま残していくでしょうかね」

「あの指輪は、大出と英子の接点を示す物的証拠だった。英子との具体的な関係を知られたくなければ当然、大出はあの指輪を持ち去ったはずだ」

「加害者は被害者との関係を、知られまいとする。したがって加害者は、自分が被害者にプレゼントした品物を、現場に残していったりはしない。これが犯人の心理としては、イロハの〝イ〟の字だと思うんです」

「うん、確かにそうだ」

「それにもうひとつ、気になることがあります」

「この際だ、聞かせてもらおう」

「犯人は十津川英子を殺したあと、何かを持ち去っているはずだって、ずっと考えていたんですがね」

「十津川英子の所持品のうちから、犯人は何かを奪ったということか」

「犯人の目的は、第一に十津川英子を殺すことだった。そして第二に、十津川英子の所持品のうちから、何かを持ち去ることだったと思うんです」

「すると、十津川英子殺しの動機というのは……」

「痴情怨恨でも、お礼参りでもありません。十津川英子殺しの動機は口封じ、つまり邪魔者は消せというやつです。当然、十津川英子の口を封じただけでは、安全だとはいいきれない。ついでに、十津川英子と犯人を結びつける証拠のようなもの、その何かを持ち去るということになります」

「その何かとは……」

「十津川英子の所持品には、何かが欠けているという気がしてならなかったんですが、それが何であるかはなかなか思い当たりませんでした」

「それで、いまはどうなんだね」

「今日になって、やっと気がつきました。十津川英子の所持品の中には、電話番号を記入した手帳がありませんでしたね」

「電話番号……」

「十津川英子は、電話魔だったそうじゃないですか。暇さえあれば電話をかけていた十津川英子が、電話番号の記入帳を持っていないというのは、奇妙だと思いませんか」

「そうか」

荒巻部長刑事は、勢いよく立ち上がっていた。

「気がついてみれば、簡単なことなんですが……」

御影正人は、右手の小指の爪を噛んだ。

十津川英子が殺されたときに、所持していたのはバッグだけであった。バッグの中身は財布と小銭入れ、あとは化粧用具だけだった。手帳とか、電話番号のメモ帳とかいったものは、見つからなかった。

十津川英子の自宅を調べたときも、そうした類いのものは発見されていない。

十津川英子は、起きている時間の三分の二を、電話で費していたという。それも、彼女のほうからかける電話が、ほとんどだったらしいのである。

それでいて十津川英子が、多くの人々の電話番号を記入した手帳のようなものも、持っていないというのは確かに奇妙だった。一度耳にした電話番号は、そのまま記憶に刻み込むという特技の持ち主だったという話も、聞かされてはいなかった。

電話番号を記入したメモ帳が、消えてなくなっているのである。

それを持ち去ったのは、十津川英子を殺した犯人に間違いなかった。十津川英子を殺して、電話番号のメモ帳を奪い取ることが、犯人の目的だったのだ。

「犯人が大出次彦なら、電話番号のメモ帳だけを持ち去って、ダイヤの指輪は残していくなんて、そんな間の抜けたことをするはずはないでしょう」

御影正人は言った。

「犯人はダイヤの指輪に、無関係な人間ということになる」

うなずきながら、荒巻部長刑事は背後を見やった。

地面を忙しく叩くような靴音が、聞こえたのである。道幅いっぱいを、左右に揺れ動く人影があった。その酔っぱらいは、街灯の光りの中を通過した。

塀にぶつかったり泳いだり、腰砕けになったりして、泥酔状態にある男は歩いてくる。背広の上着を肩に担ぎ、だらしなくネクタイを緩《ゆる》めた大出次彦であった。

荒巻と御影は、ゆっくりと近づいていった。門の前で尻餅をついた大出次彦は、すぐには立ち上がろうとしなかった。

3

荒巻部長刑事と御影警部補を見上げて、大出次彦はヘラヘラと笑った。

初対面ではないのに、相手が刑事だということに気づかないのだろうか。それとも、目がよく見えないほど、酔っているのかもしれない。

いや、アルコールの力が大出次彦を、怖いものなしにさせている、というふうにも考えられた。刑事と承知のうえで、大出は恐れていないのではないか。

小心で神経質な男が自暴自棄になると、かえって怖いもの知らずになる。長年にわたり抑制されていたものが、大噴火するのである。分別をなくして、人が変わったようになるのだ。

「刑事さん、手を貸して下さい」

大出次彦は、荒巻と御影のほうへ、手を差しのべるようにした。やはり大出は、相手が刑事だということを、知っているのであった。

「大丈夫かね」

「しっかりして下さいよ」

荒巻と御影は両側から手を引っ張って、何とか大出を立ち上がらせた。

「夜遅くまで、どうもご苦労さんです」

大出は門の引き戸を、乱暴にあけた。

摩滅したレールのうえを、何とか引き戸は滑ったようである。施錠もされていないところに、大出家とその家族の荒廃ぶりが感じられた。

「まあ、どうぞ……」

よろけながら、大出は玄関のほうへ向かった。

これまでの大出とは、まったく別人であった。刑事との面談すら頑《かたく》なに拒んで来た大出次彦が、いまは笑いながら家の中に招じ入れたのである。

大出はやっとのことで、鍵穴を見つけた。格子戸にガラスがはまっている玄関もまた、遠いよき時代を思い起こさせるような風情があった。いい意味での古さが、匂うようである。

「古いボロ家ですが、おやじの時代からのままにしてあるんです。これでも、土地の値段は大したものなんですよ」

靴を脱ぎ捨てると大出は、廊下を這っていって電気のスイッチを押しやった。

廊下の奥は薄暗く、新しさや豪華さには無縁の家の中である。不潔にはしてないのだろうが、薄汚れた感じまでは洗い落とせない。しかし、この家特有の匂いがして、それが大出家の古い歴史を物語っているようであった。

「しかし、この土地がいかに高く売れようと、ぼくの手には百円だってはいらないんですよ」

廊下にすわり込むと、大出は両膝をかかえるようにした。

「どうしてです」

御影が訊いた。

「土地を売った金は残らず、女房の手に渡ることになるんですよ」

大出次彦は、大声で笑った。

「つまり、慰謝料ということですか」

御影の表情は、硬ばっていた。大出の姿を眺めていると、笑うに笑えないという気持にさせられるのであった。

「そのとおり、慰謝料というやつですよ。今日、女房の弁護士というのと、話し合いをしましてね」

「早々に、離婚が決定したんですか」

「女房の側の一方的な意志、一方的な通告といいましょうか。話し合いの余地はない、二度とぼくの顔は見たくない、別居などと悠長なことはいっていられない。子どもの養育費なんていっていると、いつまでも縁が切れないから、養育費込みの慰謝料で結論を出したいってね」

「その慰謝料というのが、ここの土地を売った金の全額ってことですか」

「そうなんです。夫婦なんて、寂しいもんですよ。結婚して十年、二人の子どももいるというのに、土地を売った代金を渡して、赤の他人同士に戻ってしまうんですからね。それも、やむにやまれぬ事情があっての女との関係が、原因というだけで……」

「夫婦とか男女とかいうのは、もともとそんなものなんでしょう」

「それにしても、女ってのは勝手すぎます。ひとりの女は絶対に別れたくないからと、男を独占しようとする。もうひとりの女はそれが気に入らないからって、離婚する、慰謝料をよこせでしょう。こういうときに男ってのは、いったいどうしたらいいんでしょうかね」

「人生には、いろいろなことがあります。まあ、何があっても過去のこととして、忘れるのがいちばんです」

「そう、そのとおりですよ。ぼくも実は、離婚が決まって、気持ちがすっきりしましてね。今夜は痛飲して、明日になったらいっさいを忘れる」

大出は両足を投げ出して、壁に凭《もた》れかかった。疲れ果てたような彼の顔は、一向にさっぱりしていなかった。

「それが、いいでしょう」

明日になってすべてを忘れると、そのようなことができるはずはないと御影は思った。

それだけに大出の姿が男として、哀れでもあり情けなくも感じられた。

「それにもう一つ、肩の荷が軽くなるようなことがありましてね」

大出次彦は、ニヤリとした。

気をとり直したというより、何かを思い出したのである。酔っぱらいなりに、嬉しいことの思い出し笑いなのだろう。

「どんなことなんです」

御影は、荒巻のほうをチラッと見やった。

荒巻は、沈黙を守っている。質問は御影に一任した、という荒巻の顔つきである。

「八月四日のアリバイについては今日まで、刑事さんたちに何を訊かれようと、頑としてそれを無視して来ました。しかし、それもついに解禁になったので、大威張りで答えられるということなんです」

ドスッと音がするほど、大出次彦は強く自分の胸を叩いた。

「だったら、是非とも答えてもらいましょう」

上がり框《がまち》に、御影は腰をおろした。

「どんなことでも、訊いて下さい」

「いま解禁という言葉が出ましたけど、あなたは誰かに自由な発言を禁じられていたんですか」

「いや、禁じられていたなんて、そんなに大袈裟《おおげさ》なことじゃないんです。ぼくがぼくの意志に従って、自主的に発言を差し控えていたんですよ」

「何のためにです」

「小早川はもちろんのこと、民主クラブという党に、迷惑が及ぶのを恐れたんです。それで今日、そのことで小早川に相談したんです。すると、そんなことで心配する必要はまったくない、遠慮なく発言して自分のアリバイを立証するようにと、小早川には一笑に付されましてね。おかげで肩の荷も軽くなったし、刑事さんたちにも喜んで協力できるというわけなんですよ」

「小早川先生や民主クラブに、迷惑が及ぶというのは……」

「そのことにしても、ぼくが勝手にそう決め込んでしまったんですよ。政党や選挙に関しては、オープンにしたために大勢の先生方に迷惑をかけるということが、少なくありません。ぼくとしても、つい用心深くなってしまいましてね」

「では改めて、お尋ねしますが、八月四日のあなたの行動について、聞かせてもらえますか」

「いいですとも。午前十時から午後四時まで、赤坂の小早川事務所にいました。大勢の人々が事務所に出入りしていたし、電話も絶え間なくかかっていたから、証人はいくらでもいます」

「だったら何も、あなたのアリバイについて、隠すことはなかったんじゃないですか」

「いや、問題はこのあとにあったんです。そのことに触れたくないばっかりに、ぼくは刑事さんとの話し合いに応じなかったんですよ」

「そのあとに、何があったんです」

「午後四時に小早川事務所に、中丸先生がお見えになりました」

「中丸先生とは、参議院議員の中丸大樹《たいじゅ》氏のことですね」

「そうです。中丸先生は午後四時に、小早川の事務所へおいでになる約束になっていたんですよ」

「それで約束どおり、中丸先生は午後四時に事務所にこられた」

「ええ」

「それから、どうしたんです」

「ぼくが中丸先生をお連れして、赤坂の料亭へ行きました」

「その料亭とは……」

「〝菊富〟という料亭です。そこで中丸先生と小早川は、落ち合うことになっていたんですよ」

「小早川先生と中丸先生は、そこで会われたんですね」

「二時間ばかり、二人だけで話し合いをされました」

「その間、あなたは……?」

「別室で、待機していました。六時すぎから食事ということになり、中丸先生は八時ごろ帰られましたね。そのあと、ぼくは小早川を広尾の自宅まで送って、また赤坂の事務所へ引き返したんです」

「ただ、それだけのことなんですか」

大出の顔を見据えて、御影正人はそう念を押した。

「そうですよ」

眠そうな目になっていたが、大出の表情はいくらか安らいだものになっていた。眠くはなったが、酔いも醒《さ》めかけて来たのに違いない。

「それだけのことなのに、どうしてあなたは用心深く、隠さなければならなかったんです」

御影はまた無意識のうちに、右手の小指の爪を噛んでいた。

「何事も秘密にしなければならないと決め込むのは、政治家の秘書としての習慣的な悪い癖なのかもしれません」

肩を落として、大出次彦は長い溜息をついた。

大出次彦が彼なりに、これは極秘事項だと思い込んだのは、いくつかの理由があってのことだった。まず第一は、中丸参議院議員が選挙資金の件で、小早川武市に会うということである。

中丸議員は八月の十日すぎに、選挙区の福岡入りをすることになっている。それまでは中丸夫人がピンチ・ヒッターとして、福岡県で精力的な活動を続けている。

しかし、総体的に選挙資金が不足していて、台所の状態はかなり苦しい。ついてはその件で資金援助の相談に応じて欲しいと、中丸議員から大出を通じて小早川武市に申し入れがあったのだ。

中丸議員は、民主クラブの小早川派のホープである。その中丸議員から選挙資金の援助を求められれば、小早川武市としては力になってやるのが当然かもしれない。

だが、小早川武市は同時に、民主クラブの選対委員長でもあるのだ。党の選対委員長が自派に属する中丸議員のために、選挙資金の獲得に特別な便宜を与えたとあっては、聞こえが悪いし党内にも不満の声が上がるだろう。

したがって小早川と中丸の話し合いは、密談にしなければならない。小早川も大出に、話し合いの場を『菊富』と指定した。『菊富』は赤坂のビルの中にあって、まだ新しい料亭なのである。

菊子に富子という赤坂の姉妹芸者が始めた料亭で、姉妹がまだ半玉だった時代から、小早川武市は贔屓《ひいき》にしていたのだ。小早川は以前から、『菊富』を密談の場に利用していた。午後四時という営業時間外に、料理も芸者も抜きで『菊富』を使えるのも、そうした浅からぬ因縁があってのことだった。

大出次彦はこの日、小早川と中丸が『菊富』で密談したことを、絶対に口外してはならないと思った。その一件が洩れたりすると、民主クラブでの党内抗争の導火線に、火を点ずることにもなりかねない。

いま民主クラブ内に混乱が生ずれば、参議院選挙にとって大きなマイナスになる。マスコミの扱い次第では、民主クラブ大敗という決定的なダメージを招くことになるかもしれない。

そうなれば、大出の責任は大きい。たとえ警察の取調べを受けようと、洩らしてはならないことだと、大出は自分に言い聞かせた。八月四日の大出自身の行動についても、刑事たちの質問には答えない。

忠実な秘書としては、当然の心構えであり、心がけというものだった。それで今日まで大出次彦は警察への協力を拒み、刑事たちに会うことすら避けて来たのである。

だが、そのことで大出から相談を受けた小早川武市は、笑いながら忠実な秘書が危惧するところを、あっさりと否定したのであった。

「あれは個人的な話し合いであって、党にはまったく関係ない。極秘事項ではないんだから、きみのアリバイ立証のほうを優先すべきだろう」

小早川武市にこう言われた安心感と、妻子との別離が決まった寂しさから、大出次彦は泥酔するほど酒を飲んだのであった。

4

大出次彦の背中が、廊下の壁を滑った。

メガネがずり落ちて、大出の太腿のあたりを転がった。睡魔に襲われて、意識が遠のくのだろう。それでも頭の中に二人の刑事の存在が、微かに残っているらしく、大出次彦は慌てて目を覚ますのだった。

寂しさは、アルコールが殺してくれる。安心感は、眠りへ誘う。いまの大出にとって何より幸福なのは、無心に眠り続けることだけなのかもしれない。

「あと少しで、帰りますよ」

腰を伸ばして御影正人は、大出の肩を揺すった。

「ああ、そうですか」

大出はヨダレを拭き取ってから、手探りでメガネを拾い上げた。姿勢を正したが、大出の上体は骨抜きのようになっている。

「あなたのアリバイについては、問題ないと思いますがね」

御影は言った。

「当然ですよ。証人は大勢いることだし、裏付けはいくらでも取れます」

大出は背広の上着を、腕に巻きつけるようにしてまるめた。どうやらそれを、枕の代わりにするつもりらしい。

「だから、ついでに訊いておきたいんですがね」

「どういうことですか」

「十津川英子とは、どういう女だったんですか」

「どういう女って、ぼくにとってはいやな女でしたよ。マイナスになる一方で、プラスにはまったくならない女だったな」

「性悪な女ということになりますか」

「どっちかというと、単純で単細胞で、根はお人よしってことになるんでしょうね。じっくり考えたり、驚くほど計画的だったりという女じゃありませんよ」

「頭が切れるって、そういうタイプの女ではないんですね」

「頭は、悪くない。しかし、頭が切れるほうじゃないし、騙《だま》しているつもりで実は騙されているという女ですよ」

「でも一応、相手を騙そうとはするんですか」

「彼女の最大の欠点、それは何かにつけて金を欲しがることでした。信頼できるのは金だけだ、金さえあればこの世はどうにでもなるって、低級な人間の金銭哲学に忠実な女の典型だったですよ」

「つまり、金欲しさに相手を騙す」

「そう。それで騙したつもりが、逆に男に騙されているんです」

「たとえば、どうやって相手を騙そうとするんですか」

「相手の弱みを握って、脅迫にならない程度に嫌みを言ったり、いやがらせの電話をかけたりするんですよ」

「電話ね」

「それでいて、まとまった金を取り上げたことなんて、一度だってなかったみたいですよ」

「脅し、嫌み、いやがらせですか」

「ぼくなんかだって結局、彼女の脅しによって身動きがとれなくなってしまったんですからね。砂川さんという〝ケイ〟の出資者にしても、同じことだったんじゃないんですかね」

「十津川英子は、電話魔といわれるほど、よく電話をかけていたそうですけど……」

「とにかく、電話が好きでした。電話中毒症とでもいうのか、暇ができたらもう電話をかけずにはいられないんですよ。だから相手の迷惑なんて考えずに、どこへでも電話をかけてくるんです」

「その電話の中には、例の脅し、嫌み、いやがらせも含まれていたんじゃないですか」

「さあ……」

「ただ寂しがり屋とか、電話で喋るのが好きだとか、それだけのことで電話魔だったとは、ちょっと考えられないんですがね」

「あるいは、悪い意味での仕事の電話も、含まれていたのかもしれませんが……」

「十津川英子はどういう弱みを握って、どこの誰に脅しをかけていたか、あなたはまったく知りませんか」

「全然です。そこまでぼくに打ち明けるほど、彼女もお人よしではないでしょう」

大出の言葉の最後は、アクビになっていた。

「十津川英子の交遊関係についても、あなたはほとんど知らないんですね」

御影は、立ち上がっていた。これ以上の質問は、どうやら無理のようだと思ったのである。

「ぼくはただ、あの女のセックスを満足させるだけの愛人だったんですからね。それも、午前中の愛人で……」

大出の上体が、横へ傾いた。

御影と荒巻は、顔を見合わせた。もう確かな返答は期待できないし、そろそろ引き揚げたほうがいいだろうと、二人は目でうなずき合っていた。

「じゃあ、自分たちはこれで……」

御影は、大出に声をかけた。

「刑事さんは、独身ですか」

大出はまるめた上着を枕にして、廊下にごろりと横になった。完全に、寝転がったのである。

「ええ」

御影は、大出の寝姿を見やった。

「そのほうがいい。結婚なんて、するもんじゃない」

つぶやくように、大出は言葉をこぼした。すでに、目を閉じている。

「あなたも、しっかりしたほうがいい。このままだと、風邪を引きますよ」

御影は荒巻に続いて、玄関の外へ出た。

「ぼくは大丈夫、明日からまた必死になって働きますよ。民主クラブ代議士小早川武市の秘書として、精いっぱいの努力をしますからね」

大出次彦は大きな声を張り上げたが、言葉が終わったとたんに彼は鼾《いびき》をかいていた。

大出家の門を出て、御影と荒巻は暗い夜道を歩いた。夜中の十二時をすぎたせいか、真夏であることを忘れさせるような風が吹いている。犬の声も聞こえなかったし、静かな夜更けになっていた。

「男って、哀しいものだ」

低い声で、荒巻が言った。

「ええ」

樹間を抜けたところで、御影は空を振り仰いだ。

井の頭公園のうえには、満天の星が輝いていた。これほどみごとに広がっている星空を、御影は何十年ぶりかで見たような気がした。

御影は、沖圭一郎のことを思い出していた。あの沖圭一郎の暗く沈んだ雰囲気と、憂鬱さを絵に描いたような印象が、御影には忘れられないのであった。

何のために生まれて来たのか、わからないような男。

報いられることもなく、四十年の人生を終えた男。

死ぬときまで、孤独だった男。

自分の人生に、疎外感しか見出せなかった男。

ただ星のように、一瞬だけ光って消えた男——。

御影には沖圭一郎が、そのような男に思えてならなかったのである。

「沖圭一郎も大出次彦も、それぞれの人生、性格、宿命と何から何まで違っている。大して違わないのは、四十歳に三十九歳という年齢だけだろう」

道の端へ寄りながら、荒巻部長刑事が言った。

「そうですね」

道の反対側へ、御影は足を運んだ。

二人のあいだを、スポーツ・カーが通過していった。派手なエンジンの音とともに、若い男女のわけのわからない嬌声が遠ざかっていく。

「しかし、二人の男には色や匂いこそ違ってはいるか、はっきりとした共通点がある。それは、男の哀しさだよ。具体的には説明できないが、間違いなく男の哀しさだ」

歩き出そうともしないで、荒巻部長刑事は空を見上げていた。柄にもなく感傷的になっていることも、荒巻部長刑事は隠そうとしないのである。

「ただ、そうした沖圭一郎にそぐわないことが、ひとつだけあるんですがね。荒巻さんは、そのことに気づきましたか」

道端の柵に、御影は腰をおろした。

外見は丸太を組み合わせた柵だが、コンクリートでできているようだった。

「沖圭一郎に、そぐわないこと……？」

荒巻は、反対側の楓の木の下に立っていた。

御影と荒巻は道の両側にいて、言葉のやりとりをする格好になっていた。

「城崎久仁彦氏の話の中に、あったことなんですがね」

御影はタバコをくわえて、それにマッチの火をつけた。

「いや、気がついていないな」

荒巻は、首を振った。

「沖圭一郎は、城崎氏にこう言っているんです。結婚して、北海道でひっそり暮らしたいって……」

御影の目の前から、一瞬にしてタバコの煙が消えた。吹き抜ける風が、思ったより強いのである。

「その話だったら、わたしも覚えているけど……」

突っ立ったまま、荒巻部長刑事は腕を組んだ。

確かに城崎久仁彦は、そのように説明したのであった。結婚して北海道でひっそりと暮らしたい、目立つことのないような生活を送りたいというのが、沖圭一郎の今後への希望だったのである。

そのために沖圭一郎はとりあえず北都音楽学院で働きたいと、城崎久仁彦に就職の口きを頼んだのであった。

「大出次彦から結婚なんてするなと言われて、自分はそのことを思い出したんですがね。沖圭一郎はいったい誰と、結婚するつもりでいたんでしょうか」

御影は言った。

「うん」

顔を上げて荒巻は、御影をじっと見つめるようにした。

「沖圭一郎はさりげなく結婚ということを口にしたし、漠然とした将来の設計図だと思ったので、城崎氏は結婚の相手については質問しなかったそうですが……」

「漠然とした将来の設計図にしては、具体的すぎるということになる。北海道でひっそりと暮らしたいなんて、住む場所も決めているんだからね」

「沖圭一郎は、東京での就職を望まなかった。最初から、結婚して北海道で暮らすつもりでいた。だからこそ沖圭一郎は特に、就職のことを城崎氏に頼んだんじゃないでしょうかね」

「それに刑務所を出所したばかりの沖圭一郎が、可能性もないのに結婚ということを、口にしたりするはずはない」

「沖圭一郎には、結婚する相手がいたんですか」

「さあ、そいつはわからない。沖圭一郎は、二十代の男じゃないんだ。服役中に文通の相手と、結婚の約束をしたなんてことは、まずあり得ないだろう」

「すると、むかしから恋仲だった女で、彼女は沖圭一郎が出所してくるのを、待っていたってことになる」

「いや、そんなことはない。八年前の沖圭一郎には妻も、婚約者も、恋人もいなかった。特別な関係にある女がいたという話も、聞いていなかったんだ」

「出所してからの沖圭一郎の周辺にも、女っ気《け》はなかったみたいですね」

「木村アパートの彼の部屋にしたって、女の匂いすらしなかったからな」

「では、いったい沖圭一郎が結婚するつもりでいた女とは、誰だったんでしょうか」

「十津川英子だったなんてことには、ならないだろうよ」

「まさか……」

「しかし、いずれにしても、これは重大な発見だぞ」

荒巻は、腕組みを解いた。

「荒巻さんにそう言ってもらうと、心強いんですがね」

御影は、道の中央へ出た。

同時に荒巻も、楓の木の下を離れていた。

「沖圭一郎と結婚、それが謎を解く鍵になっているような気がする」

「荒巻さん、沖圭一郎の過去というものを、見つめる必要があるんじゃないですか」

「うん」

「明日、神奈川県へ行ってみましょう。沖圭一郎の弟に会うためです」

「わたしは、駄目な刑事だ。捜査の主導権は、お前さんに任せようじゃないか」

荒巻は、御影の肩を叩いた。

「それこそインテリの弱みってやつで、任されると自信がなくなるんです」

御影は、悪戯《いたずら》っぽく笑った。

真夜中になって二人の刑事は、ようやく生気をとり戻していた。

5

東海道本線のそれも鈍行に乗るのは、久しぶりのことであった。

新幹線であればあっという間に通過してしまう区間を、一時間以上もかかって走るのである。車のほうが早そうな気もするが、真夏の道路は交通渋滞が激しかった。鈍行の列車内にも、海水浴に出かける人々の姿が目立っていた。

八月ももう、十一日になっていた。

九時二十一分に東京駅を出た各駅停車の伊東行きは、十時三十四分に大磯についた。大磯駅で下車する男女も、少なくはなかった。大磯ロングビーチなど、海水浴場があるせいだろう。

今日も、よく晴れていた。紺碧の空には、銀色の積乱雲も見当たらない。平和を感じさせる空の色であり、それには時代の移り変わりもないようだった。

直射日光は強いが、肌に絡みつくような湿気がない。暑さに閉口させられる前に、夏の爽快感を目で楽しめる。ビーチ・ウエアやショート・パンツだけで闊歩《かっぽ》している若い男女に、むしろ真夏の風物詩とかけ離れた違和感を覚える。

こうしたときに、ジェット機の爆音は聞きたくない。

遠く近くに響き渡って、眠気を誘うプロペラ機ののんびりとした爆音を、耳にしたくなる。

そんな大磯の町中を、荒巻部長刑事と御影警部補は、自分たちの濃い影を踏んで歩いた。二人とも背広の上着は脱がずにいたが、ネクタイだけははずしてしまっている。

大磯の町は閑散としていながら、どこへ行っても人の気配がしたし、海に近い土地柄特有の明るさが、屋根や路上に溢れていた。静かな町のたたずまいに、夏の活気が感じられた。

『沖スポーツ用品店』は、大磯駅に近い商店街にあった。沖はOKIとローマ字になっていて、アカ抜けて明るいが、どことなくバター臭い店構えだった。

商店の位置としても悪くないし、駅の近くにあって目立つ存在である。商品も卓球の用具や少年用の野球のユニホームから、キャンピング・セットまでありとあらゆるスポーツ用品が取り揃えてあった。

壁のポスターは水着姿の女と、高級なモーターボートの写真ばかりである。

それでいて、店内には客の姿がない。いや、客が訪れる様子もないのだ。そんなところがいかにも、大都会とは違う悠長さを感じさせるのであった。

沖圭一郎の実弟の沖政二郎が、店の奥へ二人の刑事を迎え入れた。妻子は出かけているのか、それとも二階にいるのか、人声がしない家の中だった。

沖政二郎は、三十八歳になる。

沖圭一郎とは、あまり似ていなかった。弟のほうが三枚目で、おやじさんという感じに老け込んでいる。面影に共通したところがあるので、兄弟だといわれればなるほどと思う。

立場としては、兄と弟が逆転している。いつも事を起こすのは兄であり、迷惑をかけられたうえに面倒を見るのが、弟のほうなのである。

八年前の作曲家殺し。

刑務所を出所する兄の身元引受人になったり、仮の住まいを準備してやったりしている。

そして今度は、再び殺人犯の汚名を着せられたまま自殺──。

そうしたことがあるたびに、弟は肩身のせまい思いをさせられて、兄の尻拭いのためにどこへでも出かけて行かなければならない。ほかに肉親のいない沖政二郎の損な役回りであった。

しかし、当の沖政二郎は、淡々とした顔つきでいた。刑事の訪問を、迷惑がっているふうもない。また兄への憎しみも怒りも、弟にはないようだった。

「まあ、仕方がないでしょう」

沖政二郎には、むかしから肉親は兄弟二人だけ、という義務感があるのに違いない。

「しかし、今回の圭一郎さんに対する殺人の容疑は、完全に晴れたんですよ」

弁解する口調で、御影正人は言った。

「そうですか。まあ、いずれにしても兄は、もうこの世の人ではないんですから……」

沖政二郎は別に、嬉しそうな顔もしなかった。

荒巻行男も御影正人も、沖政二郎に会うのはこれが初めてではなかった。御影は沖政二郎が、兄の遺体を引き取りに来たときに会っている。荒巻は八年前の事件の捜査で、沖政二郎と何度か顔を合わせているのだった。

「八年前のときは、世間の目も冷たくてね。せまい土地に、古くから住んでいる人たちばかりでしょう。一ヵ月以上も、大手を振っては外を歩けませんでしたよ。何回か真剣に、夜逃げすることを考えました」

沖政二郎は、苦笑した。

「そうでしょうね」

あまり似合うとはいえない沖政二郎の真っ赤なTシャツを、御影正人は盗み見るようにした。

「ですけど、その後は土地の人たちは、無関心になりましてね。兄が出所したなんてことは、幼馴染みたちもまったく知らなかったんじゃないですか」

「そういう意味でも、時代が変わったんでしょう」

「この土地には関係のない新しい住人が、増える一方ですしね。テレビを見れば、外国のニュースまで次々に飛び込んでくる。ちょっとやそっとのことで、もの珍しさに騒ぎ立てるというわけにはいかなくなったんでしょう」

「都会並みに冷淡、無関心になったんですね」

「そう。だから、その代わりに自分の故郷という温かみも、人情味もなくなったみたいです」

「今回の事件でも、大きな騒ぎにはならなかったんですか」

「ほんの四、五日のあいだ、噂になっただけでしたね。わたしたちを、白い目で見るような人もいないし、政二郎さんには関係ないんだからって、みんなで慰めたりしてくれましてね」

　そのことを感謝しているというふうに、沖政二郎は何度もうなずいた。

「そうですか」

　御影は、打ち水が乾きかけているコンクリートの床に、目を落とした。

　荒巻も、顔を伏せている。

「明日が、初七日です」

　沖政二郎が、ポツリと言った。

　御影と荒巻は同時に、沖政二郎の顔へ視線を向けていた。

「町の北に、光竜寺という菩提寺がありましてね。その光竜寺の墓地に、納骨することになるんですが……」

沖政二郎の表情も、さすがに寂しそうになっていた。

「高原家のお墓も、その光竜寺の墓地にあるんですか」

御影は訊いた。

「高原家ですか」

沖政二郎は一瞬、戸惑ったように眉をひそめた。長年、耳にも口にもしていない家の名前を、いきなり聞かされたという戸惑いようであった。

「同じ光竜寺の墓地なんですね」

御影は、質問を繰り返した。

「ええ、高原家のお墓も光竜寺の墓地にありますよ」

沖政二郎の眼差しは、知る人間のすべてが幼児だった過去を懐かしんでいた。

「しかし、そこにアキさんのお骨は、納められてないんですね」

「アキさんは、畑中さんという人と結婚したんですからね。東京の畑中家の墓地で、眠っているんでしょう。いまになって考えると、そのことだけが残念ですよ」

「残念とは……」

「アキさんが光竜寺の墓地に納骨されていれば、どんな死に方をしようと兄には救いがありましたからね。アキさんと同じ墓地で永遠の眠りにつけるんだったら、兄には思い残すこともなかったはずです」

「つまり、圭一郎さんとアキさんは、そこまで……」

「ええ、わたしの知る限りでは兄にとってアキさんは永遠の恋人、この世でただひとりの女性だったんです」

「圭一郎さんが、ほかに結婚の相手を求めたということは、考えられませんか」

「あり得ないと、断言できますよ」

「しかし、出所してからの圭一郎さんは、結婚ということを口にしているんです。アキさんは足かけ九年前に死亡しているので、もちろんアキさんを結婚の対象としてのことではありません」

「何かの間違いでしょう」

「いや、圭一郎さんはある人に対して、結婚して北海道でひっそりと暮らしたいって、はっきり言っているんですよ」

「信じられません」

沖政二郎は、首を振った。微笑している彼の顔が、自信のほどを物語っていた。

「しかし……」

御影は、言葉を失った。問題にも何もならない、という否定のされ方をしたからであった。

高原アキとマリの姉妹は、九つ違いだった。二人姉妹で、ほかには兄も弟もいなかった。姉妹の家は古くから、大磯の町で小さな和菓子店を営んでいた。

沖兄弟は高原姉妹と幼馴染みで、小学校時代から仲がよかった。特に沖圭一郎と高原アキは、友だち同士という感じがしない親密さであった。悪童たちから常に冷やかされていたし、大人までがお似合いだとからかったりした。

年は、五つ離れていた。

沖圭一郎が中学生のころはアキが小学生、彼が高校生になれば彼女は中学生で、年齢の釣り合いもとれていた。

沖圭一郎が高校三年になったとき、中学校へはいったばかりのアキと、将来二人は必ず結婚するという固い約束を交わした。それを知った弟の政二郎は、そのときからアキが自分の義姉になるものと、決め込んでいたのである。

やがて沖圭一郎は東京の私大の仏文科を、高原アキは高校をそれぞれ卒業した。そのころ、相次ぐ不幸が二人を見舞った。沖圭一郎を襲った不幸は、両親の病死だった。

一方、高原アキの父親は和菓子店を廃業して、喫茶店の経営に切り替えたが、借金だけを残して失敗したのである。アキの父親は、働く意欲を失い、母親は心労が因《もと》で病人となった。

生活能力を失った父親に加えて、病人の母親をかかえて、アキは途方に暮れた。しかも借金は未返済であり、妹のマリはまだ小学生なのだ。

作詞家を志した圭一郎には定職がなく、レコード会社から専属料として小遣い程度の金がはいるだけであった。そんな沖圭一郎を、アキは頼みにすることができなかった。

そんなとき、高原家へ縁談が持ち込まれた。知らない相手ではなかった。東京の人間だが大磯にも縁があって、アキはその青年と顔馴染みになっていた。

東京、江の島、大磯、伊豆の伊東でリゾート・ホテルを経営している社長の三男で、畑《はた》中努《なかつとむ》という青年であった。畑中努はアキに以前から魅せられていて、結婚するならどうしても彼女をという縁談だったのである。

アキは生きるための手段と、家族たちへの救いを畑中努との結婚に求めた。そうするほかはないとアキは沖圭一郎に泣いて訴えたし、沖圭一郎は自分の腑甲斐《ふがい》なさを恥じながらアキのことを諦めたのだという。

二人は愛し合いながらも、別離のときを迎えた。

アキは、畑中と結婚した。

高原家は経済的な援助を受けたが、それもかたちだけにすぎなかった。畑中努はわがままなお坊っちゃんぶりを発揮して、ひとたび自分のものにしてしまえば、もうアキのことも大切には扱わなかった。

子どもができないということもあって、夫婦の基礎はなかなか固まらない。畑中アキという不幸な人妻になってからは、ただ耐えることしかなかったのだ。そうしたアキにとって、やはり心の支えになるのは沖圭一郎だけだったのである。

何かにつけてアキは沖圭一郎に電話で相談し、アキの愚痴を聞いては慰めるという役目を、沖圭一郎は引き受けて来たのであった。たまには、二人だけで会ったりもした。不倫とか密会とかいうのではなく、畑中努も妻の古い友人としての沖圭一郎の存在を認めていたのである。

妹のマリが高校に入学するというとき、アキは東京の畑中家へ引き取った。

そして、結婚して八年がすぎた秋に、アキは交通事故で死亡したのである。

アキは、二十七歳。

マリは、十八歳。

沖圭一郎は、三十二歳になっていた。

「兄とアキさんは、完全にプラトニック・ラブでした。それも、十五年以上は続いたんですからね。その間、兄はほかの女性に目もくれなかった。純粋な愛というか、これぞ本物の恋でしょう。その兄がどうして、いまさら結婚なんてことを考えますか」

険《けわ》しい目つきで沖政二郎は、抗議する口調になっていた。

6

大磯の町から東海道線を北へ越えて、七、八百メートルのところに、東西に細長い丘陵地帯がある。更にその二キロほど北を、新幹線が走っていた。

荒巻と御影は、七、八百メートルの炎暑の道を歩いた。

荒巻が光竜寺の墓地へ行ってみたいと言い出して、御影はそれに従ったのであった。暑かったが、それを苦痛には感じなかった。無限に続く青空と、緑に占められた広大な視界がもの珍しく、その景色に気をとられていたせいだろう。

光竜寺は、常緑の樹海におおわれた丘陵を背にしていた。古い歴史を感じさせるような寺だが、その付近に点在する人家はいずれも近代的な建物ばかりであった。

光竜寺の東側に、墓地が広がっていた。自然の環境のうちに、いつの間にかでき上がった墓地というべきだろう。墓石の大小も、古さもまちまちであって、周囲の草木には手入れがなされていない。

そこが、霊園などと呼ばれる人工的で、奇妙に統制がとれている墓地とは、違うところだった。霊園よりもここのほうが、はるかに墓地らしかった。

人影はなく、樹木の梢が風に騒いでいるだけだった。

墓地へ来たということであって、線香や花を供えるわけではなかった。沖家や高原家の墓がどこにあるのかわからないし、またわざわざ捜す必要もないのだ。

沖家の墓に、まだ沖圭一郎の骨は納められていない。

アキの骨も、この墓地にはないのだ。

高原家の墓では、姉妹の両親が眠っている。アキの死亡と同時に、彼女の両親に対する畑中家の経済援助は打ち切られた。

しかし、伊吹マリというスターになったもうひとりの娘の経済力によって、両親の老後は不自由はなかったらしい。

マリが芸能界を引退して、中丸参議院議員と結婚する前後に、母親そして父親という順でこの世を去ったのだそうである。そうした過去もいまは無に帰したことを物語るように、白昼の墓地は寂《せき》として沈黙を守っている。

荒巻と御影は、墓地の端に枝を広げているケヤキの木の下にはいった。草のうえに、二人は腰をおろした。日陰だが照り返しとともに、草いきれの匂いがした。

「死ぬときまで、一緒だったのか」

御影は後ろへ、上体を倒した。

「沖圭一郎とアキかい」

荒巻は、遠くを見やっていた。南を向いているのだが、海は見えなかった。

「アキが息を引き取るとき、そばには亭主がいなかったということでしたね」

重ねた両手を後頭部に宛《あて》がって、御影正人は仰向けになった。抜けるように青い空で、ケヤキの枝が揺れていた。

「うん」

荒巻が、背中で答えた。

荒巻も御影も、沖政二郎の話を思い出していたのである。

アキはトラックにはねられたのだが、半日は意識がはっきりしていたという。死亡の原因は内臓破裂で、それだけに苦痛も激しかったらしい。

沖圭一郎もマリから連絡を受けて、病院へ駆けつけたのであった。それから十二時間以上、沖圭一郎はアキに付きっきりだったのだ。

アキが意識を失う直前の三十分間、夫の畑中努は病室にいなかった。もちろん同席を遠慮するはずもなく、畑中努は食事をするために病室を出たのである。

その間、病室に居残っていたのは、沖圭一郎とマリの二人だけであった。畑中努が病室へ戻ったとき、アキはすでに意識不明に陥っていて、医師と看護婦から最後の手当てを受けていた。

そのままアキは、意識を回復することもなく、息を引き取ったのである。アキは沖圭一郎とマリの手を握りしめながら、意識を失ったということだった。

結局、アキの死を看取ったのは、沖圭一郎にマリということになるのである。

「アキさんは、この世に生きていて語りたいことは語り尽くしてから、意識を失ったんだ。その点、彼女はしあわせそうだった」

アキの死後そのように、沖圭一郎は弟の政二郎に洩らしたという。

それにしても、人間関係とは皮肉なものである。八年間の結婚生活を送った男女でありながら、夫が病室を出ているあいだに妻はあの世へ旅立ったのだった。夫婦間では、今生《こんじょう》の別れを告げる言葉さえ、交わされなかった。

しかも、妻はかつての恋人であり、生涯を通じての心の支えになっていた男の手を握りしめながら、この世を去ったのであった。これを人間の運命、人と人との縁というべきなのか。

それとも、付きっきりでいた沖圭一郎と、食事に抜け出した夫との愛情の差と、判断すべきなのだろうか。

「わたしは、すでに沖圭一郎のお骨が納められていたら、この墓地へやってくるだけの勇気はなかったね」

不意に、荒巻が言った。

「どうしてですか」

御影は、空を見つめていた。

「どうしてって、決まっているじゃないか。沖圭一郎を十津川英子殺しの犯人《ホシ》にしてしまったのは、このわたしなんだからね」

荒巻の背中は、まったく動かなかった。

「そんなことはないでしょう。捜査本部が出した結論は、本部関係者全員の総意によるものなんですからね」

御影は、蟬の声を聞いた。

とたんに彼は、ここは故郷だ——と思った。

「総意かい。インテリらしい表現じゃないか」

低い声で、荒巻は言った。

「だから駄目な刑事だなんて、荒巻さんらしくないことを言わないで下さい」

遠くの蟬の声と墓地の静寂が、御影の心に安息をもたらした。

「お前さんに捜査の主導権を任せて、正直なところわたしはホッとしているんだよ。お前さんはやはり、警部補だけのことはある。ものを見る目が冷静で、客観的で、さすがはインテリだ」

「荒巻さんの経験に比べたら、子どもみたいなものでしょうけどね」

「その経験もいざとなると、まるで役に立たないものだってことを、今回の事件で思い知らされたよ。ベテラン刑事だという自信から、階級もうえのお前さんに偉そうな口をきいていたけど、わたしはやっぱり駄目な刑事さ」

「どうかしてますよ、荒巻さん。捜査に、失敗は付きものでしょう」

「沖圭一郎の納骨がすんでいれば、この墓地へはこられなかった。納骨がすんでいないからって、ここへ来て沖圭一郎に詫びている。わたしはそんなふうに、卑怯で弱い人間なんだ」

「沖圭一郎の自殺は、荒巻さんの責任じゃありませんよ」

「沖圭一郎の件に関しては、ただ先入観による失敗というだけでは許されないんだ。明らかにわたしは、私情に支配されていたんだからな」

「私情ですか」

「沖圭一郎には、殺人犯という過去がある。お礼参りということで、十津川英子を殺す動機もあった。沖から呼び出し電話がかかったという証言も、うまく家政婦から引き出せた。そのような材料もわたしの先入観を助けたんだけど、それ以前にわたしには沖圭一郎に対する憎しみがあったんだ」

「沖圭一郎のことを、荒巻さんがどうして憎んだりするんです」

「正確にいえば沖圭一郎ではなくて、沖圭一郎のような男ということになる」

「よく、わかりませんね」

そう言いながら御影は、荒巻が十津川英子殺しの犯人に対して、ひどく挑戦的だったことを思い出していた。

最初から沖圭一郎が犯人だと決め込んでいたし、およそ荒巻らしくなく感情的な言葉を口にしたのだった。沖圭一郎が自殺してからも、荒巻は彼のことを『ろくでなし』呼ばわりした。

そのときは御影も、荒巻には沖圭一郎に対する個人的な何かがあるのではないかと、疑ったほどである。

「去年の春、高校卒業を目前にして、わたしの娘は自殺した」

荒巻はやはり視線を、遠くのほうへ投げかけているようだった。

「ええ」

御影は、起き上がった。

「自殺の原因について、わたしはまだ誰にも打ち明けていない。女房や息子にも、他言することを禁じた。だから娘は未だに、厭世自殺ということになっている」

「自分も、そう聞いています」

「しかし、娘の自殺には、はっきりした理由があったんだよ」

「当然、そうでしょうね」

「娘は親に似ず美人だったたし、性格も明るかった。とても、厭世自殺をするようなタイプではなかった」

「ちょっとテレビ・タレントの中にも、見当たらないくらいの美人でした」

「実は当人も、その気でいたんだよ。歌手兼タレントになりたいってね」

「そうだったんですか」

「娘は内緒で、テレビの番組に出ようとした。優勝すれば歌手としてスターになれる、といったテレビ番組さ。ところが、娘は予選で落ちた。それで娘も諦めかけたし、そのほうがよかったんだ。しかし、そこへとんでもない火付役が、登場したんだよ」

「火付役とは……」

「某レコード会社のプロデューサーだ。不運にも予選には落ちたが、現場に居合わせたわたしとしては、あなたの実力を高く評価するって、そのプロデューサーは娘を焚《た》きつけた」

「なるほど……」

「素質もあるし、容姿も申し分ない。スターになることを保証するから、わたしが紹介する芸能プロダクションに将来を託さないかと、プロデューサーは娘に言ったらしい。レコード会社のプロデューサーにそこまでおだてられれば、高校生の女の子がその気になってしまうのは当然だろう」

「こういう時代でもありますしね」

「娘はもうスターになったみたいに有頂天で、いますぐにでも高校を中退して芸能プロダクションにはいりたいと言い出した。わたしはもちろん、そんなことを許すはずがない。しかし、わたしがいくら食いものにされるだけでロクなことはないと言って聞かせても、プロデューサーの話を信じ込んでいる娘は耳を貸そうとしなかった」

「家庭内の混乱、家族間の対立ということになりますね」

「果ては家出をする、親子の縁を切るという深刻な争いになった。そしてある日、娘は学校の屋上から飛び降りた。遺書の内容は、わたしへの抗議に終始していた」

「そうだったんですか」

「娘の遺書を読んだとき、わたしの怒りと憎しみはレコード会社のプロデューサーへ向けられた。その無責任な言葉が、法律で処罰されないだけに、わたしには憎かったんだろうな」

「無理もありませんよ」

「ろくでなし野郎め、とわたしは思った。沖圭一郎も、かつては同じような仕事をしていた男だった。そう考えたとき、わたしの頭の中でそのプロデューサーと沖圭一郎が完全に重なっていた。わたしは、沖圭一郎が憎かった。例のプロデューサーの代わりに、沖圭一郎は死刑になるべきだと、わたしは私情によって動かされていたんだよ」

「いまの話は、自分も聞かなかったことにします。だから荒巻さんも、忘れてくれませんか」

憮然たる面持ちで、御影正人は言った。

「わたしもただの男だったんだし、男ってのは哀しいもんさ」

荒巻は笑った。だが、荒巻の目は、赤くなっていた。

二人の男は、また沈黙した。蟬の声も風の音も、いつの間にかやんでいた。そこには、夏の陽光が声もなく笑っているように、妙に空虚な墓地の静寂だけがあった。いまは、前へ進むことを、忘れている刑事たちだった。

「荒巻さん、沖圭一郎を自殺に追いやったのが、荒巻さんだってわけじゃないんですよ。沖圭一郎には彼なりに、自殺する理由があったんですからね」

しばらくたってから、御影がわれに還ったような顔で言った。

7

十三時五十一分発の上り列車に乗った。

伊東始発の列車だが、気恥ずかしくなるくらいにすいていた。夏の日のこんな時間に、東京へ向かう人間は、どうかしているのかもしれない。用事があって移動する人々だけが、列車に乗っているのだろう。

大磯にいたのは、三時間と二十分ほどであった。沖政二郎に会い、光竜寺の墓地へ行き、駅前で昼食をすませただけである。

大磯まで来た甲斐がなかったことを、短い旅の終わりが立証していた。それなりの成果があれば当然、夕方までは大磯に留まることになっただろう。

荒巻と御影は、通路をはさんで席についた。空席ばかりなので、ひとつのシートをひとりで占領しないと、もったいないような気がするのだった。急に疲れが出たようで、ゆったりと寛《くつろ》ぎたいとも思ったのである。

荒巻はぼんやりと、窓外へ目を向けていた。

御影は、目をつぶった。

全身から力が抜けてしまっているが、もちろん眠れるはずはなかった。倦怠感と焦燥感が、同居しているようなものだった。

沖圭一郎と結婚――。

それはやはり、結びつかなかった。沖政二郎に言わせると、滑稽な話だということになる。確かに沖政二郎の説明を聞くと、彼が一笑に付すのも無理はないと思う。

しかし、それではなぜ沖圭一郎は、結婚という言葉を口にしたかということになる。城崎久仁彦を相手に、沖圭一郎がそのような冗談を言うはずはない。

また沖圭一郎が口から出任せに、あるいはハズミや思いつきによって、結婚なる言葉を吐いたということは、やはり考えられないのである。

結婚して、北海道でひっそりと暮らしたい。

結婚して、目立つことのない生活を送りたい。

この言葉は、沖圭一郎の偽らざる心境として、なるほどとうなずける。八年間の刑務所生活を終えて、残された人生を落ち着いて過ごしたい。

再出発ということになるが、派手な生活は送りたくない。結婚して未知の世界である北海道で、目立たないようにひっそりと暮らしたい。

沖圭一郎がそうした将来を期待するのは、もっともだと言えるのである。だからこそ、沖圭一郎の結婚ということにも、真実性が感じられるのだ。少なくとも、その場限りの言葉ではない。

そうなると、かなり具体的な心づもりがあって、結婚ということを口にしたとしか思えない。結婚の相手も決まっていたと、解釈したくなるのである。

だが、沖圭一郎が結婚の対象として考える女など、存在するはずはないと実の弟が断言するのだった。

沖圭一郎にとって愛する女は、この世にアキただひとりだけであった。そのアキが死んでいるというのに、沖圭一郎がどうしてほかの女を求めるだろうか。

いまになって割り切れるなら、とっくにそうしていたはずである。アキの結婚後も、沖圭一郎は独身でいた。今日までの四十年間、沖圭一郎はアキを除いて、女を愛したことがないのだ。

　この沖政二郎の判断も、決して間違ってはいない。

　しかし、一方には沖圭一郎が結婚する気でいた、という確証があるのだった。

　この食い違いにこそ、何かが隠されているのではないか。

「お前さんはさっき、沖圭一郎が自殺したのは、わたしの責任じゃないと言ってくれたな」

　荒巻は、缶ジュースをあけようとしていた。大磯のホームで、オレンジの缶ジュースを買ったのである。

「荒巻さんを、慰めるためじゃないですよ。自分は、事実を言っただけです」

　荒巻の横顔を見やったあと、御影はすぐにまた目をつぶった。

「事実かね」

「そうですよ」

「どうして、そう言いきれるんだ」

「だったら荒巻さんはなぜ、自分の責任だと決めてかかっているんですか」

「沖圭一郎を犯人として、追いつめたのはわたしだったからさ」

「ですが、沖圭一郎は犯人じゃなかったんですよ。犯人でない者が、そこまで追いつめられるはずはない」

「そうかな。心理的に追いつめられて、自殺を図ったとも考えられる」

「その考え方は、矛盾していますね。沖圭一郎には、完璧なアリバイがあったんです。だから彼が城崎氏と北海道にいたということを最初に言っていれば、疑われもしなかったし、追いつめられるなんて状態にもおかれなかったんです」

「ところが沖圭一郎は、九州にいたなんて嘘のアリバイを主張した」

「つまり、彼はみずから好んで、疑われるように仕向けたんです。したがって彼は、追いつめられているとは、感じていなかったでしょうね。だから沖圭一郎にはほかに、彼なりの自殺の動機があったということになるんですよ」

「その自殺の動機とは……」

「まず考えられるのは、絶望感からということでしょうね」

「八年間の服役に耐えて来た男が、出所したとたんに絶望して自殺するというのかい」

「服役中は、出所したらこうしようという希望があって、どんな苦しみにも耐えることができる。しかし、出所したとたんに、その希望が無残に打ち砕かれる。これまで、それを唯一の心の支えとして八年間の服役に耐えて来ただけに、もろくも絶望感に打ちのめされて、死へと突っ走った。こんなふうにも、考えられるでしょう」

「沖圭一郎を八年のあいだ、支えて来た希望というのは……」

「当然、第二の人生に賭けた希望ということになります」

「第二の人生に賭けた希望ってなると、沖圭一郎が城崎久仁彦に聞かせた例のことだろうか」

「結婚して、北海道でひっそりと暮らしたい……」

「うん」

「そうですよ、荒巻さん！」

目をあけると同時に、御影は腰を浮かせていた。そんなつもりはなかったのだが、自分でもびっくりするような大声が、御影の周辺に散っていた。

「急に興奮したりして、いったいどうしたんだ」

缶ジュースを飲みながら荒巻は、にらみつけるような目で御影を見た。

「わかったような気がするんです」

あたりに目を配ってから、御影は声をひそめて言った。御影のほうを気にしている乗客は、ひとりもいなかった。

「何がだね」

荒巻は、気のない顔でいた。主導権を持たないと、思索に対しても積極的になれないのだろうか。それとも、自信喪失が荒巻を、鈍感にしてしまっているのか。

荒巻自身がいま重大な点に触れているのに気づかないことが、御影にはもどかしかった。

「沖圭一郎の自殺の動機です。やっぱり彼は、八年前からの希望の灯をあっさり吹き消されて、生きていく張りを失ったんですよ。つまり、絶望感による自殺です」

通路のほうへ、御影は乗り出していた。

「結婚して、北海道でひっそりと暮らす。そういう第二の人生への道を、あっさり塞がれたから、沖圭一郎は自殺したって言いたいのかね」

「そうなんですよ」

「まず北海道に定職を求めたかったのに、それを城崎久仁彦に断わられたからかい」

「それもあります」

「まさか、それぐらいのことで人間が、自殺するはずはないだろう」

「だから、それもありますって、言ったんですよ」

「ほかに、もっと大きな理由があるのか」

「沖圭一郎にとっては、最大の希望の灯だったんです」

「すると、それは結婚……」

荒巻の表情が、厳しくなっていた。

「そうです。沖圭二郎は本気で、結婚を考えていたんですよ」

御影は頬が熱くなるのと、動悸が早さを増すのを覚えていた。間違いなく、興奮しているのである。

「それで、結婚の相手というのは、いったい誰だったんだ」

怒ったような顔で、荒巻は訊いた。

いいかげんなことを言うと承知せんぞ、というういつもの荒巻の面構《つらがま》えであった。

「マリです」

御影は、断定的な答え方をした。

「何だって……」

「現中丸夫人、旧姓高原、過去の芸名が伊吹、アキの妹のマリですよ」

「そんなに並べ立てなくても、マリだということはわかる。しかし、お前さんの判断は、乱暴すぎるんじゃないか」

「もちろん、推論ですがね」

「大胆な推論は文学的だが、現実的ではないって、むかし先輩の警部から教えられたことがある」

「アキとマリは、姉妹なんですよ。年が離れていても、姉妹は似ているでしょう。事実、写真で見ただけのアキですが、マリとそっくりでしたよ」

「アキの死後、沖圭一郎は彼女にそっくりの妹を愛するようになったというんだろう」

「マリはそのころ、沖圭一郎と恋愛中のアキと、同じくらいの年齢になっていた。それに、沖圭一郎が理想の女として愛したアキの死後、妹のマリに同じような気持ちを抱いたというのであれば、決しておかしくはありません」

「沖圭一郎が結婚するつもりでいた相手がマリであれば、むしろ当然だっていうことかね」

「沖圭一郎が結婚する気でいたことも事実。沖政二郎がそんなことはあり得ないと、否定したのも間違っていない。この相反する二つのことも、マリが相手だったとすれば、矛盾ではなくなるんです」

「沖圭一郎とマリは、十四も年が違っているんだ」

「男女の仲で、そんなことは問題になりませんよ」

「沖圭一郎が殺人事件を引き起こす以前に、マリと結婚する約束ができていた。そして沖圭一郎の服役が決まったとき、マリは八年後まで待ちますと誓いを立てた。そのマリの言葉を信じて、沖圭一郎は八年間も刑務所にいた」

「そうです」

「まるで、ドラマだな」

「しかし、結果はまるで違っていて、マリは待っているどころか芸能界を引退して、若手の参議院議員と結婚していた。すでに、二児の母でもあった。出所してすぐ、そのことを知った沖圭一郎は愕然となった」

「驚いただけで、沖圭一郎は諦めなかったのかね」

「沖圭一郎はもう一度だけ、第二の人生に賭けてみることにしたんです。マリさえその気になってくれたら、という賭けですがね。つまり、マリが離婚することです。殺人犯だった男と、元スターで参議院議員と離婚した女が結婚すれば、世間もマスコミも騒ぎ立てるでしょう。だから結婚して目立たないように、北海道でひっそりと暮らしたかったんですよ。そこに沖圭一郎の心情が、表われているじゃないですか」

「ところが、沖圭一郎は賭けに敗れたか」

外人がよくやるように、荒巻部長刑事は両手を広げて、肩をすくめて見せた。そのうえ荒巻部長刑事は、いやいやをするように首を振ったのだった。

「福岡まで行った沖圭一郎と会うことを、マリは徹底して拒みました。それが、マリの返答だったんですよ。自殺した沖圭一郎のポケットの中にあった走り書きが、マリへの絶望感を物語っていたじゃありませんか」

御影正人は『もしもお前が振り向いたら』という走り書きとともに、かつて船田元殺しの原因となった沖圭一郎作詞による流行歌の一節を思い出していた。

もしもお前が振り向いたら
そのとき
後悔せずに、すんだことだろうに

これが奇《く》しくも、マリに対する沖圭一郎の怨嗟《えんさ》の献詩となったのである。いまの御影正人は、そう信じて疑わなかった。

「しかし、マリの気持ちを確かめるのに、どうして沖圭一郎は嘘っぱちのアリバイの立証を、頼んだりしたんだね」

荒巻部長刑事が、表情のない顔で言った。

後章　真犯人

1

確かに、そのとおりだ——。

東京駅のホームに降り立ったとき、御影正人は口の中でそうつぶやいていた。

そのとおりとは列車内で荒巻行男が、さりげなく提出した疑問点であった。荒巻部長刑事は『しかし、マリの気持ちを確かめるのに、どうして沖圭一郎は嘘っぱちのアリバイの立証を、頼んだりしたんだね』と、疑問を投げかけたのである。

それは、当然の疑問であり、無視できない問題点だった。同時に、当然の疑問というのは、捜査と推理を完全に妨げる厚い壁にもなるのであった。

まずはこの壁を、突き崩さなければならない——。

御影警部補もそのことを、今日の行動の結論と、せざるを得なかったのだ。

東京駅の構内は、ホームも通路も人で埋まっていた。午後三時という暑い盛りであり、また中途半端な時間でもあるのに、人々はいったいどこへ行き、どこから帰ってくるのだろうか。

荒巻と御影は、中央線の特別快速電車に乗り込んだ。

最初から二人には、新宿で京王線に乗り換えるつもりはなかった。特別快速だと、六つ目の停車駅が三鷹である。

それなら、このまま三鷹までいってしまったほうが、面倒臭くない。三鷹駅から南調布署までは、タクシーを利用すればよかった。荒巻も御影も暗黙のうちに、そう決めていたのだった。

国電の中で御影は、右手の小指の爪を嚙み続けていた。どうして沖圭一郎は、立証させる必要もないアリバイの立証を、中丸マリに頼み込んだりしたのか。

その理由が、何とも不可解なのである。考えたところで、あっさり答えが出るようなことではなかった。思索はただ、堂々めぐりをするだけだった。この壁はかなり厚いと、早くも思い知らされていた。

沖圭一郎は福岡市内の旅館から、中丸マリが滞在中の博多会館ホテルへ、三回ほど電話を入れている。いずれも、会いたいという連絡だった。

一回目は八月三日の夜で、このとき中丸マリはホテルにいなかった。

しかし、沖圭一郎はホテルのフロントに、メッセージを依頼している。当然、そのメッセージで沖圭一郎は、喜楽荘の電話番号を伝えたはずである。

刑務所を出所した沖圭一郎から八年ぶりに連絡があり、いまは福岡市内にいるという。それも博多会館ホテルから遠くない喜楽荘にいて、沖圭一郎はマリがくれる電話を待ち望んでいる。

メッセージによってそのことを知った中丸マリは、すぐにでも喜楽荘の沖圭一郎のところへ、電話を入れなければならなかった。そうするのが、沖圭一郎と中丸マリの人間関係から考えて、常識というものだったのである。

だが、マリは喜楽荘へ、電話をかけようともしなかった。物理的に不可能だったというのではなく、マリにその意志がなかったのだ。

つまり中丸マリは、沖圭一郎のメッセージを無視したのであった。

そのことは、沖圭一郎と二度と会いたくないというマリの気持ちを、鮮烈に物語っている。

中丸夫人となったマリとしては、過去の人間関係のすべてを、清算したかったのかもしれない。あるいは、刑務所帰りの男とかかわり合っては、夫の選挙活動に傷がつくとでも考えたのだろうか。

いずれにしても、そこですでにマリは冷ややかに、沖圭一郎を拒んだのであった。

沖圭一郎のほうも、期待を裏切られたのである。しかし、それだけのことでは、沖圭一郎もまだ諦めはしなかった。

それで沖圭一郎は、二度目の電話をかけることになる。

翌四日の朝、沖は博多会館ホテルへ電話を入れた。このときは、マリも在室していて直接、電話に出ている。

沖はマリに是非とも会いたいと、言葉で訴えたのだった。だが、早急に会いたいという沖圭一郎のナマの声にも、中丸マリは耳を貸さなかったのである。

　中丸マリは、スケジュールがぎっしり詰まっていて、とても都合がつかないからと、沖圭一郎からの申し入れを断わった。しかし、マリとしても二度と会いたくないとは、言えなかったはずである。

　かつては親密な仲にあった相手だし、直接話し合っている沖圭一郎に対して、そこまで薄情なことを口にできるものではない。

　スケジュールが詰まっているということを口実に、当面はとても無理だが、もう少し待ってもらえれば、といった断わり方をしたのに違いない。

　そうしたマリの返事を、もちろん沖圭一郎は不満とした。自分が服役中に何の相談もなく、マリはさっさと芸能界を引退し、参議院議員の中丸大樹と結婚して二児の母になっていた。

　それは明らかに約束違反であり、沖圭一郎に対する裏切りでもあった。

　だが、それには何かと事情があったのに違いないし、女ひとり生きていくことにおいては、妥協による結婚というものもあり得るだろう。

　と、沖圭一郎はそのように、好意的に解釈したものと思われる。

　同時に、マリの心はいまもなお自分のものであり、自由の身になった自分が会いに行けば、マリは離婚の意志を固めるだろうと、沖圭一郎は信じていたのだ。

だからこそ、沖圭一郎は出所するとすぐに札幌の城崎久仁彦に連絡して、今後の身の振り方について相談に乗ってくれと頼み込んだのである。

城崎久仁彦に相談する今後の身の振り方とは、離婚してからのマリと北海道でひっそりと暮らすことだったのだ。

しかし、福岡へ来てみて沖圭一郎は、ようやく自分の考えが甘かったことに気づいたのであった。

いっさいの仕事や用事を投げ出して、沖のところへ飛んでくるマリという女は存在していなかった。感動の再会も、涙の対面もなかったのである。

それどころか、マリは沖のメッセージを無視して、電話をかけてこようともしなかったのだ。二度目の電話で直接のやりとりはあったが、マリの返事は早急に会うことは不可能という冷淡さであった。

沖にはマリの気持ちが、よくわからなくなった。マリが沖を歓迎していないということは、はっきりしている。だが、このままマリが沖を拒み通すとは、どうにも信じられないことだったのである。

いずれにしても、今日はこれから北海道へ飛ばなければならない。城崎久仁彦との約束がある。

だろう。

その城崎久仁彦との話し合いの結果によっては、また情勢の変化ということもあり得る
北海道での安定した生活が可能ということになれば、マリも新しい将来へ目を向ける気になるかもしれない。

沖圭一郎にしても、将来への見通しがつかない限り、強いことは言えないのだ。

すべては、千歳市での城崎久仁彦との話し合いの結果次第であった。

福岡・千歳間を空路、日帰りで往復することになっている。今夜、福岡へ戻って来てから、話し合いの結果次第ではもう一度、マリに連絡するということにしたい。

そう思った沖圭一郎は、電話の最後にその旨をマリに伝えたのだろう。

「今夜の十時にもう一度、連絡するからね。あなたはどんなことがあっても、その時間には部屋にいて、ぼくからの電話を待つということにして欲しい」

「はい」

「これは重大な問題だし、もし今夜の十時にあなたが留守だということになれば、あなたにはまったく誠意がないものと、ぼくも認めざるを得ない」

「はい」

「今夜の十時、ぼくの電話を待っていると、約束してくれないか」

「約束します」

「じゃあ、必ず……」

「わかりました」

こうしたやりとりを交わしてから、沖圭一郎は電話を切ったのに違いない。

それから間もなく沖圭一郎は福岡空港へ向かい、札幌行きの日航機に乗り込んだのである。

千歳市内で沖圭一郎は、城崎久仁彦と話し合った。しかし、そこでもまた沖圭一郎は、自分の甘さを思い知らされたのだった。勝てるつもりでいた戦いに、沖圭一郎は惨敗を喫したのである。

北海道の地に、安定した生活の道を見出すことは、許されなかったのだ。マリと北海道でひっそりと暮らす、という将来への夢は一瞬にして遠のいたのであった。

希望の灯が半ば消えかかるのを感じながら、沖圭一郎は福岡へ戻って来た。

午後十時になって沖圭一郎は、喜楽荘から博多会館ホテルへ電話を入れた。だが、マリはホテルにいなかったし、いまここにいるからという連絡先の伝言すら置いてなかったのである。

必ず部屋で待っているという約束を、マリはあっさりと破ったのだ。そのうえ、沖からの連絡を避けるように、行く先を不明にしておいたのであった。

誠意がないどころか、明らかにマリは逃げているのだった。それは、今後とも沖圭一郎とは会いたくないということを、意味していた。

これで、希望の灯は完全に消えた。

諦めるより、仕方がなかった。

沖圭一郎はホテルのフロントに『もう諦めました、明日早朝に東京へ帰ります』とメッセージを託して、電話を切ったのである。決定的な惨敗だった。

服役中の八年間、沖圭一郎の心を支えて来た唯一の希望は、無残に打ち砕かれた。彼に残された人生は、もはや無に等しかった。すべてを失った人間には、生きようとする意欲も気力もなかった。

あの世には、アキがいる。

やはり自分には、アキしかいないのだ。

永遠の休息を求めて、アキのところへ行こう。

と、この時点ですでに沖圭一郎は、自殺することを考えていたのに違いない。

翌五日に沖圭一郎は、死を胸に抱いて帰京した。そして、沖圭一郎が世田谷区経堂六丁目にある木村アパートに帰りついた二時間後に、荒巻部長刑事と御影警部補がそこを訪れたのであった。

沖圭一郎は自分が、十津川英子殺しの容疑者とされていることを知った。特に荒巻部長刑事は、沖圭一郎を犯人と決めてかかっていると、彼は察したのである。

しかし、沖圭一郎はそのようなことを、まったく恐れていなかった。彼には完璧なアリバイがあって、城崎久仁彦という証人がいることを明らかにすれば、容疑は簡単に晴れるからだった。

同時に沖圭一郎にとって、そうしたことはどうでもよかったのである。いつでも死ねるという心境にいる人間にしてみれば、殺人犯とか殺人容疑とかいったことは、滑稽な馬鹿騒ぎにすぎないのだ。

そんな沖圭一郎がふと思いついたのは、殺人容疑者にされていることを活用しての最後の賭けであった。

そのためにはまず、自分を殺人容疑者として、最悪の立場に追いやることだった。決定的な容疑者にしてしまうのである。

それには、城崎久仁彦と千歳市にいたという完璧なアリバイを、隠しておかなければならない。

そのうえ、最初は虚偽のアリバイを主張する。

それが、江藤未亡人から聞いた話を利用した『福岡市の住吉小学校近くの公園で、犬と猫とその飼主同士の争いを見た』というアリバイの主張だったのだ。

このような子ども騙《だま》しの小細工が通用するはずはなく、荒巻部長刑事によってたちまち真相解明がなされるだろうと、沖圭一郎は百も承知だったのである。

その結果、虚偽のアリバイを申し立てたということで、沖圭一郎への容疑は決定的になる。

そうしておいて沖圭一郎は前言を翻《ひるがえ》し、改めて中丸マリと一緒にいたというアリバイを、持ち出したのであった。

絶体絶命の危機に追い込まれた沖圭一郎のために、中丸マリは有利な証言をするか、それとも冷ややかに背を向けるか。

その結果を見極めて、もし前者であれば望みを捨てきらずにいるし、後者であれば直ちに死を選ぶ。

つまり、沖圭一郎の最後の賭けだったのである——。

と、以上は筋立てとして、組み立てられることだったのだ。御影正人もその筋立てだけで満足し、何もかもわかったという気持ちになってしまったのである。

だが、そこに「マリの愛と情をテストするために、どうしてありもしないアリバイの立証を頼んだりしたのか」という荒巻部長刑事の疑問が、高く厚い壁となって立ち塞がったのであった。

事実、その時間にマリと一緒にいて、彼女の証言によってアリバイが確定するというのであれば、疑問も矛盾もないのである。

沖圭一郎のためを思ってマリが正々堂々と事実を証言するか、あるいは中丸夫人としての立場を守って事実を否定するか。その点を見極めようとしたのなら、マリの心をテストするというのも、最後の賭けを試みたというのも、納得できるのであった。

しかし、沖圭一郎が中丸マリと一緒にいたという事実は、まったくなかったのだ。

2

荒巻部長刑事と御影警部補が博多会館ホテルを訪れる直前に、沖圭一郎は東京から中丸マリのところへ電話を入れている。

中丸マリは、沖圭一郎との電話でのやりとりを、そっくり録音しておいた。その録音の内容を御影正人は、いまでもはっきりと記憶していた。

「これからそこへ、東京の刑事が行くはずです。それで、その刑事に言ってもらいたいんですよ。八月四日の午後三時から三十分ばかり、ぼくはあなたと一緒にそこの部屋にいたってね」

「いったい、どういうことなんですか」

「あなたが、ぼくのアリバイを証明することになるんですよ。もし、あなたがそれを否定したら、ぼくは十津川英子殺しの犯人にされてしまいます」

「だからって、わたくしが嘘をつくんですか。会ってもいないあなたと、一緒にいたなんて……」

「ぼくを救うためには、あなたが嘘をつくほかはない。あなたの嘘が、あなたの証言が、ぼくの今後を決定づけるんです。あまり恵まれなかったぼくの人生ですが、せめてその残りぐらいは、あなたの手で救ってもらいたい。要するに、ぼくの運命を決めるキャスチングボートは、あなたが握っているんですよ」

「わたくしには、とてもできません。嘘をつく勇気もないし、主人に迷惑をかけるようなことは……。無理です、とても無理です」

「どうしても……?」

「やめて下さい、お願いです」

「そうですか」

「わかって下さい、沖さん」

「わかりましたよ。……さよなら」

　この『さよなら』は、永遠の別離を意味していたのである。これだけのやりとりで、テストの結果は出たのだった。中丸マリは、沖圭一郎の願いを一蹴した。

　再考の余地もない拒絶であり、沖圭一郎は最後の賭けに敗れたのであった。その瞬間に死を決意した彼は、『もしもお前が振り向いたら』という走り書きを胸に、電車に飛び込み自殺を遂げたのである。

だが、荒巻の指摘どおり何とも奇妙で、矛盾がすぎるテストの内容、ということになるのだった。

これでは適正で妥当な注文どころか、無茶な要求というべきだろう。そのような頼みに中丸マリが応ずるはずはないと、最初からわかりきっているではないか。

事実でもないのに刑事に嘘をついて、アリバイを立証してくれという注文など、肉親、妻、恋人だろうと簡単に聞き入れるものではない。

ましてや中丸マリは、沖圭一郎に対して冷たくなりきっている女なのである。八年ぶりの再会すらも拒んで、マリは何とか沖圭一郎から逃げようとしていたのだ。

沖圭一郎のメッセージを無視し、誠意を示すためにも守ってくれと頼んだ約束も、マリはあっさり破ったのであった。

それらの行動によって、沖圭一郎とは二度と接触を持ちたくないと、マリはそれとなく訴えたともいえるだろう。

マリは自分を避けている——。

そう思い知らされたからこそ、沖圭一郎はすべてを諦めて帰京したのではないか。

その中丸マリが沖圭一郎のアリバイ擬装工作に協力することは、万にひとつもあり得ないと、わからないほうがどうかしているのである。

いや、絶対に期待できないし望みも持てないと、誰よりもよく承知していたのが、当の沖圭一郎だったということになるのだ。

そのように承知していて、どうして沖圭一郎は中丸マリに、アリバイ擬装工作の協力を求めたりしたのだろうか。

それがもしテストだというならば、幼稚園の園児に大学受験問題の解答を迫るのと変わりない。そのくらいに、テストの結果はわかりきっているのだった。

そして、わかりきっていたテストの結果が出たからと、沖圭一郎は自殺した——。

そこに大きな矛盾と疑問が感じられると、荒巻部長刑事は指摘したのである。

そのことに限っては御影正人も同感であり、いまやそれが厚い壁となっているのだった。

三鷹駅前から、タクシーに乗った。

調布市役所の近くでタクシーを降りたとき、時間は四時三十分になっていた。

「冷たいものでも、飲みますか」

目の前にある南調布署の建物を見やりながら、御影正人は苦笑した顔で言った。

「いいだろう」

荒巻部長刑事が、固い表情でうなずいた。

混雑している電車内やタクシーの中では、事件について語り合わないというのが、刑事としての鉄則である。

だから、荒巻と御影は東京駅からずっと、沈黙を守って来たのだった。しかし、二人なりに話もまとめずに、このまま署に戻る気にはなれなかった。

冷たいものでも飲みながら、せめて今後の方針に関しての意思統一ぐらいはしておこうと、二人の気持ちが一致したのであった。

スナックのような喫茶店のような、薄暗くて小さな店へ二人ははいった。もちろん、初めての店だった。

無愛想な女の子がひとりいるだけで、客の姿もなかった。入口に近い席について、二人はアイス・コーヒーを注文した。

あまり冷房は利《き》いていなかったが、屋外にいるよりは、はるかに涼しかった。アイス・コーヒーが運ばれてくるまで、二人は無言でいた。汗を吸い取ったハンカチが、いつの間にか冷たくなっていた。

「沖とマリの仲だけどね、いわゆる男女関係にあったとは思えないな」

荒巻は上着を隣りの席に置きながら、ふうっと息を吐《つ》いた。

「男女関係といっても、どの程度のものかはわかりませんよ。たとえば肉体関係にまで進んでいたのかどうかは、判断のしようもありませんからね」

冷たくなったハンカチを、御影はテーブルのうえに投げ出した。

「しかし、タレントとそのマネージャーという関係は、はるかに超えていたってことになるんだろう」

荒巻はコップの水を、一気に飲み干した。

「それは、当然ですよ。将来の結婚を、約束し合った男と女なんですからね」

御影は店の奥へ、目を転じた。

ウエイトレス代わりの女の子に、話を聞かれることはないかと、気になったのである。

だが、女の子は立ったままで、マンガ雑誌を読んでいた。どうやら、客の存在すら忘れているようである。

「二人は、結婚する気でいた。だから、沖圭一郎が殺人犯として服役が決まったとき、マリは出所の日まで待ちますと誓った。沖もその約束を、信じたということになるんだろう」

アイス・コーヒーの中へ、荒巻はストローを投げ入れるようにした。

「沖圭一郎が一審判決に服したのも、そのせいだったんでしょう。一日も早く罪の償いをすませて自由の身となり、マリと結婚することを沖は目ざしたんですよ」

ストローを使わずに、御影はアイス・コーヒーに口をつけた。

「それならそれでも、かまわないんだけどね。わたしが気に入らないのは、二人の結びつきがどうもはっきりしないってことなんだよ」

「結びつきとは……」

「沖とマリはお互いに、いつごろその気になったのか。いつから、結婚について具体的に話し合うような仲になったのか」

「そうした時期については、ご本人しか知らないでしょうよ」

「お前さんの想像に従えば、アキの死後、彼女にそっくりの妹を、沖は愛するようになったというわけだ。しかし、沖にとってアキは、生涯を通じてのたったひとりの女だったんだろう」

「その点は、確かでしょう」

「そこまで惚れ抜いていた女が死んだとなれば、なおさら彼女のことが忘れられなくなるってのが、男というもんだぜ。いくら姉によく似ていたからって、そう簡単には妹に乗り換えるという気になれないだろう」

「まあね」

「マリにしたって、同じことだと思うね。長いあいだ姉の恋人だった男で、しかも年が十四うえだ。マリにしてみれば、沖は兄貴みたいなものだったんだろう。そのうえ沖は、マリのマネージャーだった。そうなると、マリは沖に対して男を意識していなかったと、解釈するのが妥当なんじゃないのかね」

「あるいは、そうかもしれません」

「そのマリが、姉が死んだとたんに沖と愛し合うようになるってのは、どう考えても不自然だ」

「ですがね荒巻さん、マリが沖の出所する日を待つと約束したことも、それを心の支えとして沖が八年間を過ごしたということも、事実として考えなければならないんですよ。出所後の沖の行動のすべてが、そのことを裏付けているんですからね」

「それにしては、マリが冷たすぎるじゃないか。八年待つどころか、五年後にはほかの男と結婚しているんだ」

「それが、女というものでしょう。一年に一度しか会えない恋人より、毎日接している男のほうが、女にとっては重要な存在になってくる。それと、同じことです」

「出所した沖は、マリに会おうとして福岡へ飛んでいった。その沖に対するマリの仕打ちにしたって、あまりにも薄情すぎる。他人以上に、他人という感じだ」

「それもまた、女というものでしょう。女には過去の男よりも、現在の男のほうが大事なんですよ」

「沖が自殺したというのに、マリは線香の一本も上げにこなかった」

「マリには中丸夫人という立場もあり、二児の母ってこともあるんです。誰が死のうと自殺しようと、マリには夫と子どものことが優先するんですよ」

「じゃあ、女とはそういうものだってことを、沖はまったく知らなかったんだろうか。四十にもなる男が、マリの心は変わっていないと、一途《いちず》に思い込んでいたのかね」

「その辺のことになると、自分にも沖という男がよくわからなくなるんです。女というものを知らなすぎるのか、天使のように純粋なのか、それともほかにマリを信ずべき根拠があったのか……」

「いずれにしても、沖とマリの過去の結びつきというものが、ぼやけているような気がするんだがね」

「三鷹からのタクシーの中で、ふと思いついたことなんですがね。沖とマリを結びつけたのは、アキだったんじゃないんでしょうか」

「アキが……」

「アキが意識を失う直前の三十分間、夫の畑中努は病室に居合わせなかったということでしたよね」

「うん」

「その間、病室に居残ったのは、沖とマリの二人だけだった」

「アキは、沖とマリの手を握りしめながら、意識を失い、そのまま死亡したという話だった」

「その三十分間にアキは、沖とマリに伝えるべきことをすべて伝えた、とは考えられませんか。伝えるべきことというより、アキは自分の気持ちと希望を、沖とマリだけに言い残したんですよ」

「アキは語りたいことを語り尽くしてから意識を失い、その点ではしあわせそうだったと後日、沖は弟の政二郎に洩らしたという話だ。だから当然、アキはその三十分間に沖とマリだけに、何かを言い残したと考えていいだろうな」

「それは、つまりアキの遺言です。その遺言として、アキはこういった意味のことを、沖とマリに訴えたんじゃないんですかね。アキの亡きあとは、マリを自分と思ってくれ。アキはついに沖と結ばれることなく、この世を去っていく。だから、その埋め合わせとして、せめて沖とマリがこの世で結ばれて欲しい。沖には今後アキの身代わりだと思って、マリのことをよろしく頼みたい。マリにはこれから先、沖を自分の愛する人として、結婚するなら必ず彼として欲しい。二人が結婚してしあわせになることが、アキにとってこの世の最後の望みだ……。アキは沖とマリに、そう言い残したんじゃないでしょうか」

「なるほど……」

「沖とマリは手を握られたうえで、そのようにアキから遺言を託された。当然、沖とマリは忠実に、アキの遺言どおりにするという気持ちにも、させられたはずです」

「文学的だが、現実性も感じられる。あるいは、そういうことだったのかもしれない。いや、きっとそうだったんだ」

「自分は明日、福岡へもう一度、飛ぼうと思っているんですがね」

「中丸マリに会うのか」

「いろいろな意味で、そうする必要があるでしょう」

「同感だ」

「荒巻さんも、もちろん一緒に……」

「いや、わたしには明日のうちに、どうしても片付けておきたいことがある。清水初江に会うんだ」

「十津川英子のところにいたパートの家政婦ですね」

「その清水初江の証言が、いまになって急に気がかりになって来たんだ。十津川英子を電話で呼び出した男、つまり英子を殺した犯人なんだがね。その男のことを十津川英子が、沖さん、沖先生と呼んでいたって、清水初江は証言しただろう」

「ええ」

「しかし、沖圭一郎が犯人ではないとなると、その清水初江の証言はいったいどういうことになるんだ」

「沖と呼ばれる男は、もうひとりいますがね」

「沖政二郎か」

「ほかには、いないでしょう」

「いずれにしても、これまた重大な壁ということになる。早急に、突き崩さなければならない」

荒巻部長刑事はストローを鳴らして、アイス・コーヒーの残りを吸い上げた。

「是非とも、お願いします」

御影正人は、ハンカチを引き寄せた。

3

翌朝七時の日航機で、御影警部補は福岡へ飛んだ。

単身という変則的な出張でもあり、日帰りのつもりだったのだ。それで、午前七時発という始発便の座席を、確保してもらったのである。

福岡着が、八時四十分であった。

だが、福岡空港についたとたんに、御影正人は自分の軽率さに気づいていた。昨日のうちに東京から電話を入れて、中丸マリの都合を確かめておくべきだったのだ。

空港のロビーは、出迎えの人々で埋まっていた。『歓迎・参議院議員中丸大樹先生』という垂れ幕を、五、六人の男女が広げているのを、御影正人は見た。

『ようこそ』『お帰りなさい』『民主クラブ・福岡県連』といった文字が、ロビーを埋めた人々の頭上で揺れている。

中丸議員は十日すぎに、地元の福岡入りをすると聞いていた。今日は八月十二日だから、中丸議員が福岡へくるのは、むしろ当然のことだったのだ。御影は気がつかなかったが、中丸議員は同じ日航機に搭乗していたらしい。

御影は出迎えの群集の中に、中丸マリの姿を求めていた。マリがいるとすれば、いちばん目立つところに、その姿があるはずだった。

しかし、マリらしい女はいないと、遠目にも判断することができた。こういう場合、議員夫人というのはやはり、でしゃばってはいけないのだろう。

マリは宿舎で夫の到着を待ち、民主クラブの県連代表や地元の有力者とともに、それを出迎えるという手筈になっているのに違いない。

だが、この日に中丸議員が福岡入りしたとなると、マリとは簡単に会えそうもなかった。今日一日は夫妻ともども、挨拶回りに多忙を極めることになる。

昼間のうちにマリと会って、日帰りをするという予定は、予定だけに終わりそうであった。一応、相手の都合を前もって、確かめておくべきだったのだ。

そういう意味で、御影は自分の軽率さを、責めていたのである。

仕方なく御影は、博多区馬場新町にある旅館『喜楽荘』へ、直行することにした。喜楽荘へは先日、行ったばかりだった。朝の早い時間に訪れて、一泊させてくれと頼めるような旅館は、喜楽荘のほかになかったのである。

それに、生前の沖圭一郎の匂いを嗅げるという意味でも、喜楽荘で時間をつぶしたほうがよかったのだ。

喜楽荘の女主人は御影を歓迎して、すぐに部屋を用意してくれた。もちろん、上等な部屋ではないがそこに一泊することも、一向にかまわないという。

窓が西向きのその部屋に落ち着くと、御影はすぐに博多会館ホテルへ電話をかけた。しかし、七一〇号室には連絡係だという男がいるだけで、中丸マリはすでに出かけたあとだった。

連絡係の説明によると、午前十一時からの顔合わせパーティを皮切りに、午後九時まで挨拶回りと会合の連続だという。その間マリはずっと、夫と行動をともにする。議員夫妻がホテルに戻るのは、午後九時すぎだろうということであった。

夜の九時すぎにならなければ、中丸マリには会えないのである。それまで待って、ホテルへ押しかけるほかはない。

マリが疲れているだろうからと、遠慮するわけにはいかないのだ。こっちも公務であり、急を要する仕事であった。今夜の九時半ごろ、博多会館ホテルへ行ってみようと、御影は決めていた。

だが、夜までの時間は長く、喜楽荘にひとりいて、御影は苛立たしさを覚えるだけだった。喜楽荘の女主人や従業員に、沖圭一郎のことをあれこれと訊いてみたが、耳新しい情報も得られなかった。

とにかく沖圭一郎という男は、アキの遺言を忠実に守ったのである。マリのためには親代わりにもなろうとしたたし、やがては彼女と結婚しようという意志を固めていたのに違いない。

アキの遺言を守るという義務感だけではなく、沖圭一郎にはマリに対する彼なりの愛情があったのだ。マリすなわちアキと、沖圭一郎は本気に思い込んだのかもしれない。結婚するとしたら、相手は第二のアキであるマリのほかにはいない。そうした気持ちから沖圭一郎は、マリをアキの分身として真剣に愛するようになったのではないか。

しかし、マリのほうは、そうはいかなかったのだ。アキの遺言に忠実であろうとしたたし、マリは誰よりも沖圭一郎を頼りにしたのだろう。

だが、マリは結局、男と意識しての沖圭一郎を愛することができなかったのである。マリにとって沖圭一郎は、あくまで姉の恋人であった。

男として愛そうと努力しても所詮、沖圭一郎は押しつけられた恋人だったのだろう。そうだとすれば、沖圭一郎の服役が決まったとき、いくら言葉で待っていると約束しても、それはマリの本心とはいえないのである。

五年後にマリは、中丸大樹と結婚した。その瞬間から、沖圭一郎は遠い存在となった。マリと沖圭一郎はもはや、違う世界の人間であった。マリの思い出の中でさえ、沖圭一郎はすでに死んでいたのだろう。

それが今度の事件で示された沖圭一郎の執着と、中丸マリの冷淡さの差ということになるのである。

　夕方になった。

　あとまだ、四時間はある。

　御影は、床の間にある電話機を見据えていた。荒巻部長刑事からでも電話がかからないだろうかと、御影はそんな気持ちでいたのだった。

　午前中に南調布署へ連絡を入れて、日帰りが不可能になったので喜楽荘に一泊すると、野中捜査一係長に報告しておいた。したがって、御影が喜楽荘にいるということは、荒巻にもわかるはずなのである。

　そう思ったとき、電話が鳴った。

　送受器を手にしながら、御影はニヤリとしていた。荒巻からの電話だと、直感したのであった。

「はい」

　御影は、床柱に寄りかかった。

「何を、遊んでいるんだ」

　荒巻の声が、遠くで怒鳴っているように聞こえた。

「清水初江に、会えましたか」

　とり合わずに、御影は真面目な質問をした。

「会えた。清水初江の今度の勤め口は、出前が専門みたいな昼間の鮨屋の電話番だった。彼女、電話に縁がある」

　余計なことを喋るが、機嫌のいいときの荒巻の声ではなかった。

「それで、結果はどうだったんですか」

「絶対に間違いないと、清水初江は断言するんだ」

「やっぱり、沖さんですか」

「その電話に出たときの十津川英子は、ひどく嬉しそうだった。英子は笑いっぱなしという声で、あら沖さんなの、まあ珍しい方からのお電話だわ、ほんとにお久しぶりねえ、沖先生……と言った。清水初江はこのように、繰り返すだけでね」

「つまり、それだけ自信があるということなんでしょう」

「こうなったら仕方がない。明日の午前中にでも、沖政二郎のアリバイを確かめてみるつもりだ」

「スポーツ用品店の旦那のことを、沖先生とは呼ばないでしょう」

「先生なんて呼び方は、誰だってふざけてするもんだよ」

「先生と呼ぶのがおかしい相手を、冗談に○○先生と呼んだりすることは、確かにありますがね」

「それにもうひとり、関係者の中に青木ってのが、いるということがわかった」

「青木ですか」

「清水初江は、青木といったのを沖と聞いたのかもしれないだろう」

「誰なんです、青木ってのは……」

「十津川英子の従姉だよ。ほら、千葉市から英子の従姉とその夫がくるまでは、ここにいなくてはならないって、清水初江が言っていただろう」

「十津川英子には肉親がいないので、その従姉が喪主を引き受けるとかいう話だったですね」

「そうだ。それに十津川英子がブラジルへ渡るときに、母親を預けていったというのも、その千葉市に住む従姉のところだったんだ。それが青木咲子、四十五歳だ。十津川英子の父親の姉の娘で、従姉妹同士ということになる」

「亭主は……」

「青木忠三郎、五十一歳だ」

「職業は……」

「鉄工所に、勤めている」

「先生と呼ぶとしたら、やはり冗談でってことになりますね」

「明日は午後から、千葉へ行くつもりでいる」

「自分も、同行させて下さい」

「お前さん、明日の午後には帰ってくるのかい」

「十二時五分発の日航機に、乗ることになっているんです。羽田には、午後一時三十五分につきますから……」

「だったら、品川駅の四番線ホームで落ち合おう。午後二時四十九分発の電車に、間に合うようにしてくれ」

そう言って、荒巻は電話を切った。

「わかりました。荒巻先生……」

送受器を置きながら、御影はつぶやいていた。

夜の九時半に、御影は喜楽荘を出た。祇園町の博多会館ホテルまで、御影は足早に歩いた。博多会館ホテルを訪れるのは二度目であり、六階のフロントに立ち寄ることもなかった。

御影はエレベーターで、七階へ直行した。七階は静まり返っていて、廊下も無人であった。御影は、いちばん奥の部屋へ向かった。七一〇号室という特別室は、廊下の突き当たりにあった。

ドアをノックしようとして、御影はふとそれを思い留まっていた。ドアに五センチほどの隙間が、できていたからである。スリッパの片方が、ドアにはさんであるのだった。

「いや……」

女の声が、部屋の奥から聞こえた。甘えながら、拒むときの女の声であった。もちろん、声の主は中丸マリである。

「いいじゃないか」

よく通る男の低音が、笑いを含んでそう言った。

初めて聞く声だが当然、中丸大樹ということになる。どうやら中丸夫妻は、奥の寝室にいるらしい。ところが、サロン風の部屋と寝室との境のドアも、開放されたままになっているのだ。

そのうえ、廊下へのドアにも隙間が作ってあるので、寝室でのやりとりがそっくり、御影の耳に達することになるのである。不用心というより、特別室の前までくる人間はいないものと決め込んでいるのだろう。

「だって、間もなく高島さんが、見えるんでしょう」

「高島君は、荷物を届けにくるだけだ。彼が来たとき、ドアをあけに立っていかなくてもすむように、スリッパがはさんである」

「そのために、ドアにスリッパをはさんだのね」

「自動ロックというのは、安全であっても不便なものなんだ。誰か来たときにいちいち、ドアをあけに立っていかなければならないだろう」

「高島さん、いきなりお部屋の中へはいってこないかしら」

「そんな無神経な人間に、議員の秘書は勤まらないさ。必ず高島君はノックをするから、そうしたら荷物だけを部屋の中へ入れて、スリッパをはずしてドアをしめていってくれって、声をかければいいんだよ」

「だったら、それまで待ちましょう」

「駄目だ。もう、我慢できない」

「いやん、やめて……」

「半月ぶりに会って、やっと二人きりになれたんじゃないか。それに、子どもたちもいないし、ここはホテルなんだ。最高のムードってことになる」

「それは、わたくしだって……」

「欲しいかい」

「ずっと、欲しかったわ」

「じゃあ、今夜は情熱的になろう」

「二人の子どもがいる夫婦なのに、半月も離れていると、こんなに恋しくなるんですもの。不思議みたい……」

「ぼくたちは、まだ三十六歳と二十六歳の夫婦なんだ。それに愛し合っているんだから、当然じゃないか」

「ああ、あなた……」

「マリ……」

「あなた、愛しているわ」

「さあ、こっちを向いて……」

「ああ、駄目。大きな声が、出ちゃいそう」

「出せばいいだろう」

「あなた、素敵よ」

泣き出しそうな声が、継続的な甘いうめきに変わっていた。それは、あの中丸マリからは想像できないような、動物的で生臭い声であった。

これはどうしようもないと、御影はドアの前を離れた。明日の朝、出直してくるほかはなさそうである。高島とかいう秘書がこないうちに、引き揚げたほうがいいだろう。

廊下を引き返しながら、沖圭一郎という男がたまらなく哀れに思えて、御影は何となく腹立たしくなっていた。

4

翌朝七時にもう一度、御影警部補は博多会館ホテルを訪れた。

朝が早いこともあったので、御影は六階のフロントに寄り、七一〇号室へ電話を入れてもらった。当然のことだが中丸夫妻は、揃ってまだ部屋にいたのである。

「七時三十分まではお起こししないようにと、秘書の方から言われているんでございますが……」

最初、フロント係は御影の頼みを、聞き入れようとはしなかった。先日、荒巻部長刑事とともにここを訪れたときのフロント係とは、別人だったのである。

やむなく御影は、再び警察手帳を示すことになった。

フロント係は驚いて、七一〇号室に連絡した。中丸マリも東京から刑事が来たとあっては、面会を拒むわけにはいかなかったのだろう。マリからはフロント係を通じて、十五分後にお部屋のほうへどうぞと返事があった。

十五分かっきり待って、御影は七一〇号室の前に立った。ノックすると、それを待っていたようにドアがあいた。薄化粧をした顔に、マリは微笑を浮かべていた。

サロン風の部屋は、カーテンが除かれて、朝の健康的な明るさの中にあった。真夏の朝の日射しが、締めきった部屋の中にいても爽快だった。

だが、そこに中丸議員の姿はなく、寝室との境のドアは固く閉ざされていた。おそらく寝室のほうはまだ暗いままで、闇の中には淫蕩な匂いがこもっているのに違いない。

「朝早くから、お邪魔しまして……」

そう挨拶をしながら、確かに邪魔をしたのだと、御影は思った。

「先日は、大変に失礼をいたしました」

荒巻と一緒に訪れたときの御影の顔を、マリはちゃんと覚えていたのだった。

「こちらこそ、失礼しました」

すすめられたアーム・チェアに、御影は腰を沈めた。

「申し訳ないんですけど、八時にお迎えがくることになっておりますの。そのときは、主人もわたくしも出かけなければなりませんので……」

恐縮したように、マリは頭を下げた。

「いや、もう二十分もあれば、充分ですから……」

御影は、タバコを取り出した。

「お時間を制限したりして、ほんとうに申し訳ございません」

膝を斜めに揃えて、マリはソファにすわった。

遠くで、水の音が聞こえている。

バス・ルームで中丸議員が、シャワーを浴びているのだろう。

今日もマリは、純白のスーツを着ていた。御影を待たせている十五分間に、大急ぎで着換えと化粧をすませたのに違いない。髪の毛にも、乱れは認められなかった。

だが、いくら何でもシャワーを浴びるだけの余裕は、なかったはずである。すると、スーツに包んだマリの身体は、まだ夫に抱かれたままで、洗ってもないのだ。

〜そんなふうにも、考えたくなるようなマリの楚々とした美しさなのであった。上品で清純な容姿が、処女をシンボライズする女神像のように思えてくる。

人前とベッドの中では極端に豹変するという女の二面性が、このマリにもあるのだろうかと不思議でならなかった。昨夜のあのマリの声が、いまはピンとこないのである。

「失礼します」

御影は、タバコに火をつけた。

「コーヒーでも、いかがでしょう」

御影のほうへ、マリは灰皿を押しやった。

「どうぞ、おかまいなく……」

御影は言った。

「では、ご用件のほうを、どうぞ……」

マリは御影に、会釈を送った。

「時間がありませんので、単刀直入にお尋ねしますから、奥さんも簡潔にお答えを願いたいんです」

「わかりました」

「プライベートなことにも立ち入りますが、もちろん公表されることは絶対にありませんので、正直にお答え下さい」

「はい」

「先日、荒巻部長刑事から電話連絡があったはずですが、沖圭一郎の容疑は完全に晴れました」

「わたくしもそのお知らせを聞いて、心から嬉しく思いました。圭一郎さんのためにも、ホッといたしましたわ」

「同時に奥さんも、ずいぶん奇妙な話だと思われたでしょうね」

「何がですか」

「沖圭一郎には、北海道にいたという完璧なアリバイがありました。ところが、彼はそれを隠しておいて、奥さんにアリバイの立証を頼み込んで来たじゃないですか」

「そのことでしたら、わたくしもあとになって、おかしいなと思いましたわ」

「あのときの電話で沖圭一郎は、マリさんの証言がなければ身の破滅だ、だから何とか助けてもらいたいって、奥さんに哀願していましたね」

「はい」

「あれは当然、沖圭一郎の芝居だったわけです。マリさんの証言がなければ、十津川英子殺しの犯人にされてしまうなんてことも、彼の嘘っぱちでした。彼さえその気になれば、たちまち北海道にいたという完璧なアリバイが、立証されたんですからね」

「はい」

「それなのにあえて、沖圭一郎はありもしない福岡でのアリバイ擬装に、奥さんの協力を求めたりしたんでしょうか」

「さあ……」

「あれは沖圭一郎が、奥さんの真心というものを知ろうとしてのテスト、最後の賭けだったことは、われわれも理解しているんですがね」

「それは、どういうことなんでしょうか」

「奥さん、隠さないで下さい。沖圭一郎と奥さんは、結婚することになっていたんでしょう。八年後に沖圭一郎が、刑務所から出てくるのを待ってね」

「それは、あの……」

「そのキッカケを作ったのは、あなたのお姉さんだった。お姉さんのアキさんが遺言として、あなたと沖圭一郎が結婚することを希望した」

「でも……」

「そうなんですね」

「は、はい」

「それから間もなくして、沖圭一郎は殺人罪で服役した。そのときも沖圭一郎が出所するのを待って結婚すると、彼とあなたは約束したんでしょう」

「はい」

「沖圭一郎は最後まで、その約束を信じていた。しかし、あなたは五年後に、中丸さんと結婚してしまった」

「何を申し上げても弁解になりますけど、わたくしだっていろいろと苦しんだり悩んだりいたしました」

「わかっています。あなたは不実だと、責めているわけではありません。何年も待っていろという注文こそ、そもそも無理なのが男女の仲なんですからね」

「そのうえ、いまとなってはなおさら、どうにもならないことなんです」

「当然です。だからこそ奥さんも徹底して、沖圭一郎の接近を拒まなければならなかったんでしょう」

「過去と現在の違いというのは、理屈だけで説明できないものですわ。ですから、なまじ圭一郎さんと会ったりはしないで、わたくしはただあの人を避けるようにと心がけたんです」

「それはそれで、結構なんですがね。どうしてもわからないことが、ひとつだけあるんです。例の沖圭一郎の最後の賭けというか、奥さんの真心を試すためのテストというか、あの奇妙な無理難題なんですよ」

「アリバイの擬装に、協力しろということですわね」

「ほかに、完璧なアリバイがある。しかも、アリバイ擬装の協力を頼み込んだところで、奥さんが承知するはずはないと、彼にはわかりきっていたはずなんです。それなのになぜ沖圭一郎は、ああいう難題を奥さんのところへ持ち込んだのか」

「はい」

「われわれが解明したい点、どうしても知りたいのは、そのことなんですがね」

「そうですか」

「その辺の謎を解く鍵があるとしたら、それを握っている人間は奥さんしかおいでにならない。沖圭一郎が死んだいまとなってはね」

「さあ、わたくしにもまるで、わからないことですけど……」

「そうでしょうか。奥さんだけには、沖圭一郎の真意が通じているものと、思っていたんですがね」

「わたくしが、謎を解く鍵を握っているなんて、とんでもございません」

「奥さん、自分はそのことについて何か伺えるんじゃないかって期待して、こうして東京からやって来たんですよ。何とかひとつ、ご協力を願いたいんですがね」

「刑事さんにはお気の毒ですけど、わたくしにしたって何が何だか、さっぱりわからないんですの」

「どんなことでも結構ですから、隠さずにおっしゃって頂けませんか」

「隠さずに言え、協力しろとおっしゃられても、それは無理というものですわ。わたくしはただ、圭一郎さんの一方的な行動に、迷惑したというだけなんですもの」

「心当たりといったものも、まったくないとおっしゃるんですか」

「はい」

「絶対にですね」

「神に誓っても、そう申せます」

マリは真摯な眼差しで、御影の目を見つめていた。

「そうですか」

御影は、肩を落とした。

「ご期待に沿えなくて、申し訳ないとは思いますけど……」

厳しい表情で、マリは言った。

「沖圭一郎の一方的な行動に、あなたはただ迷惑をしたというだけなんですかね」

御影には、そのマリの言葉が気に入らなかった。

「わたくしには、そんな言い方をする資格はないと、お思いかもしれませんけど……」

「はっきり申し上げて、奥さんはずいぶん薄情な方です。沖圭一郎の殺人容疑が晴れたことでは、ホッとしたし嬉しかったとおっしゃいましたけどね。奥さんは、沖圭一郎が自殺したということでは、ショックも受けていないし動揺もしていない」

「そんなことは、ありませんわ」

「だったら、沖圭一郎が自殺したという知らせがあったその日のうちに、奥さんはお線香の一本も上げようと急遽、帰京なさったはずですよ」

「そうしようと、わたくしも思いました。ですけど、どうしても福岡を離れられない事情があったんです」

「半日もあれば、東京・福岡間は往復できます」

「その半日という暇が、とれなかったんですわ」

「奥さんと沖圭一郎の男女としての過去の経緯《いきさつ》は抜きにしても、沖圭一郎にあなたはむかし世話になったんだし、彼はあなたのお姉さんの生涯の恋人であった。ご主人の選挙というものも大事でしょうが、そのためにあなたは義兄にも等しい人間の死に、彼の冥福を祈ろうともしなかった。それは、女である前の人間としての道に、はずれているんじゃありませんか」

「近いうちに、お焼香をさせて頂くつもりでおりました」

マリは、顔を伏せた。

「昨日が、沖圭一郎の初七日でした」

御影は、溜息まじりに言った。

そのとき、寝室との境のドアが、勢いよく開かれた。同時に、『実に申し訳ないことだと思っております』という通りのいい男の低音が、御影の顔へ飛んで来た。

「わたしがわたしの代理を押しつけたことによって、家内の人道的な行動さえも封じてしまったわけなんです。全責任はこのわたしにあるということで、ひとつご勘弁をお願いいたします」

そう言って、中丸大樹は腰を折った。

「朝早くから、お邪魔しております。東京の南調布署の御影です」

立ち上がって、御影は挨拶をした。

「中丸です。どうも、ご苦労さまです」

中丸議員は声も大きいし、ハキハキした口のきき方であった。

長身で、御影と同じくらいの背の高さである。だが、体格は中丸議員のほうが、はるかに堂々としていた。色が浅黒く歯が真っ白で、甘さと野性味の両面を持つ好男子であった。

婦人層に絶大の支持と人気があるというのも、中丸議員の容姿と声と印象で、充分にうなずける。マリが愛する夫としても、相応《ふさわ》しい男であった。

「明後日から二日間だけ、家内ともどもいったん帰京いたします。その二日間のうちに必ず、家内を沖さんの霊前に参らせます。昨夜そのように、予定を決めたところだったんですよ」

明るい笑顔で、中丸議員はそう言った。

「どうして二日間だけ、東京へ戻られるんですか」

御影は訊いた。

「八月十五日に東都ホテルで、わが民主クラブの政経文化パーティが開催されるんです。見たとおりの若造ですが、わたしは党の国民運動本部の実行委員長を勤めておるので、そうしたパーティを主催しなければなりません。同時に、その種のパーティには必ず、家内まで動員されることになりましてね」

中丸議員は慰めるように、ソファに腰かけているマリの肩をたたいた。

ようやくマリも笑顔になって、まぶしそうに夫の顔を振り仰いだ。

「なるほど……」

御影はなぜか、敗北感のようなものを覚えていた。

5

またしても、収穫は得られなかった——。

そんな気持ちに加えて、沖圭一郎への同情とマリに対する腹立たしさ、それに敗北感のようなものがあり、御影正人は事件に関して思索することに怠惰になっていた。

考えることに、張りを失っていたのである。

福岡空港のロビーでも、飛行機の中においても、御影はあえて事件については考えまいとしていた。頭を空っぽにして、できれば眠りたかった。

しかし、眠れるはずもなく、弛緩した心の中には余計なことが浮かぶだけだった。御影正人が思い出したのは、例の『関中東自治宝クジ』の紛失の一件であった。

御影はすでに、宝クジが見つかるという期待は捨てきっていた。だが、そのことを思い出すと、五十万円という賞金が惜しくてならなくなる。

五十万円を受け取る資格があるのに、それを放棄しなければならない。

まったく間の抜けた話だと、自分に腹を立てるとともに、消えてしまった宝クジが憎らしくなる。

五十万円となると、どうにも諦めがつかない。いったいどこに消えたのか五十万円、と御影は繰り返し胸のうちで叫んでいた。

ちくしょう、五十万円。

出てこい。イソ万円！

羽田空港から品川駅へ向かうタクシーの中でも、御影は半ばヤケになって胸のうちで怒鳴っていた。

腹立ちまぎれに『イソ万円』などと新語を作ったのは、御影のほんの思いつきだったのである。

五十は、イソとも読む。五十《ごじゅう》が音読みでイソが訓読みなのか、そうした音訓による五十とイソのつながりについては、よくわからなかった。

だが、五十と書いてイソヂと読み、『ぢ』という接尾語は二十《はたち》の『ち』と同原であり、また五十路と書いてイソヂと読ませる場合もある、といったくらいのことは御影も知っていた。

それに、かつて山本五十六《いそろく》という連合艦隊司令長官がいた。そのようなことから御影の頭の中に、イソ万円という新語が生まれたのであった。

その瞬間から御影は、五十万円をやめてイソ万円と呼ぶことにしていた。イソ万円などと、まぼろしの表現を用いたくなるほど、五十万円当選の宝クジが現実から、遠のいたということなのかもしれなかった。

品川駅の四番ホームで、荒巻部長刑事と落ち合った。十四時四十九分発の電車に乗った。品川から千葉までが各駅停車で、千葉から木更津までは快速になる電車だった。

品川から新橋まではガラガラだった電車が、東京、錦糸町をすぎたあたりで満員になった。これもまた、千葉県の海岸へ向かう行楽客が、多いせいなのだろう。

一時間たらずで、千葉駅についた。駅前から、タクシーに乗った。タクシーは、国道五十一号線を東へ走り、市街地を抜けて間もなく南へ下った。

都町という広い町で、いわば郊外の住宅地ということになるのだろう。この都町には公園がいくつもあるし、寺院や神社も少なくなかった。

西の端には、テレビ局や知事公舎がある。その都町の東の端で、荒巻と御影はタクシーを降りたのだった。この付近に、青木家があるらしい。

荒巻と御影は、寺の前の道を南へ歩いた。今日もまた歩きながら、汗をかかなければならなかった。

「午前中に、沖政二郎のアリバイを当たってみたよ」

荒巻部長刑事は、さっきからニコリともしなかった。

「結果は、どうだったんです」

御影にしても、自分が上機嫌ではないということを、よく承知していた。

「シロだ」

荒巻の顔には、疲れだけではなく焦りの色も見られた。

「しっかりしたアリバイが、あったわけですね」

荒巻に釣られてか、御影も何となく不愉快になって来た。

「裏付けも、完璧だった」

そう答えて、荒巻は立ちどまった。

左側の家の門に、『青木』という表札があったのだ。古くて小さな建物だが、二階建ての家である。せまくても、庭つきだった。玄関まで距離はないが、門構えの一戸建てであった。

門はすぐにあいたし、玄関でブザーを鳴らすことになる。女の声がして、ドアが押し開かれた。四十半ばの女が顔をのぞかせて、怪訝《けげん》そうに二人の刑事を見やった。

「青木咲子さんですね」

荒巻が、警察手帳を示した。

御影も、それに倣《なら》った。

「はい」

青木咲子は顔色が悪く、化粧っ気もなかった。だが、いかにも気の強そうな目つきで、それが彼女を下品に見せていた。

「十津川英子さんのことで、お訊きしたいことがありましてね」

荒巻が言った。

「英子さんのことで……」

青木咲子は二人の刑事に、玄関の中へはいるようにとはすすめなかった。別に歓迎する必要はないと、そんなところに青木咲子の性格が表われている。

「お子さんは、二人でしたね」

「ええ」

「夏休みで、どこかへ出かけたんですか」

「ええ、海へね」

「ご主人は……」

「もちろん、会社ですよ」

「ご主人も十津川英子さんとは当然、心安い間柄だったんでしょうな」

「心安い間柄だなんて、そんなことはありませんよ」

「そうですかね」

「まあ、知り合いって程度ですね。英子さんとは普段、付き合いらしい付き合いなんて、なかったんですからね。お父ちゃんは英子さんと、三回ぐらい会ったことがあるかしらね」

「じゃあ、ほんの顔見知りってことですか」

「そうなんですよ」

「すると、ご主人が十津川さんの調布の自宅の電話番号を、知っていたなんてことは……」

「とんでもない。わたしだって調布の家の電話番号を知らされていなかったんですからね」

「だったら今度のことがあって、初めて調布の十津川さんの自宅へ、行かれたってことなんですか」

「そうなんですよ。それも、英子さんのところの家政婦さんから、来てくれって連絡があったから、仕方なくお父ちゃんと出かけていったんですよ」

「家政婦がよく、連絡先としてお宅を知っていましたね」

「万が一、自分が急病で倒れたりしたら、千葉の従姉のところへ連絡するようにって、英子さんは家政婦さんに頼んでおいたみたいですね」

「十津川さんにとって、身内として頼れるのは、あなただけということになるんですか」

「ほかに、肉親も親戚もいないんだから、まあ仕方がないとは思いましたけどね」

「それでいて普段の十津川さんは、あなたの一家と親しく付き合おうとはしなかったんですか」

「それが、あの人のわがままなところなんですよ。若いときから、好き勝手なことばかりして生きて来たでしょ。それで、用がなければわたしのことなんか相手にだってしないのに、困ったことが起きると決まって、わたしのところへ泣きついてくるんです。結局、死ぬときまで英子さんって人は、そうだったんですね」

「そういうことなんですか」

「まあ、いまとなっては、仏さまの悪口を言っても仕方がないんですけどね」

「八年前に、十津川さんのおふくろさんを預かったときも、やっぱりその調子で泣きつかれたんですか」

「そうなんですよ。あのときだって、英子さんは結婚してブラジルへ行ってしまう、お母さんは連れていくわけにはいかないというんでしょう。わたしだって、引き受けないわけにはいきませんよ」

「十津川英子のおふくろさんは、タミさんだったっけな」

「ええ、十津川タミさん……」

「その十津川タミさんは、あなたが預かって四年後に病死した」

「その葬式だって、うちで出したんですからね」

「帰国後に十津川英子さんは、ここへ挨拶に来たんでしょうね」

「一度だけ、位牌を受け取りにね。わたしとしては、ほんとうに気に入らなかったけど……」

青木咲子は、思い出したくもないというふうに首を振った。表情は豊かなほうではなかったが、さすがに怒ったような顔つきになっていた。

「自己中心というやつか」

荒巻は、御影へ視線を転じた。

これでは、『青木』を『沖』と聞き違えたという想定は成り立ちそうにないと、荒巻の目が訴えていた。御影に何か質問することはないかと、ついでに荒巻は問いかけているのである。

荒巻としては、千葉まで来た甲斐がなかったと、言いたいところだったのだろう。

　しかし、御影はそうは思わなかったし、決して無駄足には終わらないという気持ちでいた。それは、何となく引っかかる疑問点を、見出したからなのである。

「八年前のことなんですがね、奥さん。十津川英子さんに頼まれたからという理由だけで、十津川タミさんを引き取ったとは、ちょっと考えられないんですがね」

　御影は、笑いを浮かべて言った。

　相手の痛いところをつくときは、笑顔が必要だったのである。

「はあ……？」

　青木咲子は、御影に向けた目を、その瞬間に伏せていた。

「奥さんと十津川さんは、父方の従姉妹同士ということになる。つまり奥さんにとって十津川タミさんは、何の血縁関係にもないし、まったくの赤の他人だったわけでしょう。その赤の他人の十津川タミさんを引き取って、四年間も家族のひとりとして面倒を見たうえに、葬式まで出したというんでは、すぎたる美談ってことになりますよ」

　御影は、皮肉っぽく笑った。

「わたしは、お人よしだから……」

　青木咲子の声が、低くなっていた。

「お人よしだったことは、よくわかっています。しかし、だからって従妹に頼まれたという理由だけで、姑みたいな赤の他人の面倒を見ますかね」

そこで御影は、笑いを消していた。

「それはね、英子さんだってそれなりのことはしていきましたよ。でも、そんなことは当然でしょ」

顔を上げて、青木咲子は声も大きくした。反撃に転ずるような勢いだった。

「金ですか」

「まあね、お金さえ出せばいいだろうって考え方が、英子さんを身勝手な人間にしてしまっているんですよ」

「十津川さんはいくらぐらいの金を、あなたに渡していったんです」

「六百万円でした」

「八年前の六百万円となると、それなりの価値がありましたね」

「まあね」

「その六百万円を、十津川さんはどうやって作ったんです」

「そんなこと、知るもんですか。ただ、当時はわたしだって、不思議だなって首をひねりましたよ」

「結婚したオスカル・ロメロという男が、六百万円を出したんですかね」

「わたしもそう言ったんだけど、英子さんはまさかって笑ってましたよ。日本の男は好きな女の家族のことまで責任を持つけど、外国の男は関係ないって割り切ってしまうんだってね」

「しかし、当時の十津川英子さんは経済的に、どん底の状態にあった。だから、ブラジル国籍の男と結婚して、日本脱出を図ったんでしょう。そんな十津川さんに、六百万円という大金を工面《くめん》できるはずはなかった」

「わたしも、お金の出所ってものが気になったし、気味が悪かったんで、しつこく英子さんに訊いてみたんだけどねえ」

「十津川さんは、はっきり答えようとしなかったんですか」

「そうなんです。ただ、絶対に間違いないボーイ・フレンドから、餞別としてもらったお金なので、心配はいらないって言うだけでしたよ。どうせ、いいかげんな話なんでしょうけど……」

「ボーイ・フレンドから、餞別としてもらった六百万円ね」

「確かにその後、六百万円のことで問題は起きませんでしたけどね」

青木咲子は、初めて顔を綻《ほころ》ばせた。

「ボーイ・フレンド、そして餞別……」

無意識のうちに御影は、右手の小指の爪を噛んでいた。

十津川英子というのは、深慮遠謀をめぐらして、人を騙《だま》せる女ではない。嘘をつくにも下敷きを必要とし、作り話をしても本音があちこちから顔を出す。

ボーイ・フレンドから餞別としてもらったという嘘も、その裏側には男の友人から何らかの取引によって得た報酬、という事実があってのことではないだろうか。

そう思いながら御影は、当時の友人同士として十津川英子と沖圭一郎を、結びつけていたのである。

6

帰りは、足がなかった。

空車のタクシーが走っている道路へ出るか、タクシーを呼べる飲食店に寄るかしなければならない。

都町を北へ抜けると国道五十一号線、南へ下ると同じく百二十六号線に出る。五十一号線まで七百メートルほどあるが、百二十六号線へは二百メートルであった。

荒巻と御影は、南へ向かった。

百二十六号線に出る手前の左手に、林が広がっていた。その林を背負うようにして、人工による庭園があった。竹林と梅林と、ケヤキの茂みに囲まれている。

中央に砂利を敷きつめた広い駐車場があり、それと半円に接して池がある。奥に純和風の平屋建ての建物があって、池へ流れる川の水が水車を回していた。

駐車場の出入口に、大きな看板と軒灯が設けてあった。それには『鯉料理・竜門』という文字が読めた。

料理屋には違いないが、主にドライブ客を対象とする大衆的な飲食店である。毛色の変わったドライブインなのだ。都会を離れた感じで、ムードがよかった。

「ここに寄るか」

荒巻が言った。

「結構ですね。今日はまだ一度も、食事らしい食事をしていないんですよ」

御影は、真剣な顔でうなずいた。

「わたしも、朝飯を食っただけなんだ」

先に立って荒巻は、駐車場の砂利を踏んだ。

駐車場には三台の乗用車が、停めてあるだけだった。すいていて、静かなことも気に入った。

タクシーを呼んでもらえることを確かめてから、二人は女子従業員のあとに従った。個室か広間かと訊かれて、広間のほうを選んだのである。

広間というのは、桟敷のような造りになっていた。池に沿って、衝立《ついたて》で仕切った席が続いている。ほかに客の姿はなく、それがまた快適であった。二人はまず、お茶代わりにと弁解しながら、ビールを一本ずつ頼んだ。

手酌で飲む冷たいビールが喉にしみて、気が遠くなるようなうまさだった。風が吹き抜けて、夏の夕方の不快感を忘れさせる。

御影は、中丸マリの顔を脳裡に描き出していた。ビールのうまさに刺激されたわけではないが、頭の中に糸を張っていた疑念が、何となくすっきりとまとまったのである。それは、沖圭一郎と中丸マリの電話でのやりとりに感じられたことであり、価値ある手がかりになりそうだと、御影は自信を得ていた。

「こいつは、いい気分だ」

足を投げ出し、荒巻は目を閉じていた。

「竜門とは、登竜門の竜門なんでしょうね」

御影は早くも、二杯目のビールに口をつけていた。

「中国の黄河の上流に、〝竜門〟と呼ばれる急流の瀬があった。どんな魚だろうとその瀬は登れないが、優秀な鯉だけがそこを登って竜になったという」

「そのことを人間の栄達に当てはめて、登竜門という言葉ができた」

「ビールを飲みながら、こんな話をしているのが、いちばん楽しいな」

「そうですね」

「いまは何もかも、忘れてしまいたいという心境だ」

「ところが、そうはいかない。まだ厚い壁が二枚、そっくり残っているんですからね」

「だからこそ、何もかも忘れたいんじゃないか」

「ですが、ひとつだけ思いついたことがあるんですよ。これは、重大な発見ですよ」

「その思いつきによって、〝竜門〟を登りきることができるのかね」

「何とか登りきって、竜にならなくちゃ、しょうがないでしょう」

「鯉は竜門の瀬を登りきり、われわれは二枚の厚い壁を突き破るか」

「この店に寄ったことを、縁起よしとしなくてはね」

「お前さんが思いついた重大な発見というのを、聞かせてもらおうか」

「このことは、沖圭一郎と中丸マリの電話でのやりとりを、思い出しているうちに気がついたんですがね」

「テープに録音されていた二人のやりとりかい」

「そうなんです。自分はそのやりとりの一部に、何か不自然な感じがするって思っていたんですが……」

「何が不自然なのか、わかったというのかね」

「ええ。それも不自然というのではなく、新たな発見ってことになります」

「どんな発見なんだ」

「中丸マリはあの時点で、十津川英子が殺されたということについて、充分な知識を持っていたって……」

御影は思わず、口を噤《つぐ》んでいた。

いきなり荒巻が、大きく目を見開いたからだった。

それは、死んだ人間が一瞬にして蘇生したように、不気味な感じであった。

「いま、何て言ったんだ」

荒巻は座卓のうえに、頭から乗り出した。血相が変わったといってもよさそうな、荒巻部長刑事の顔だった。

「あの電話のやりとりから受けた印象だと、中丸マリは十津川英子が殺されたことについて、充分な知識を持っていたようなんですよ」

御影は同じ説明を、もう一度繰り返した。

「この際だ、確かなことだけを言ってくれよ」

荒巻はオシボリで、乱暴に顔を拭いた。

「自分は、確かなことだと思っていますよ」

「だったら、具体的に頼む」

「いいですか、十津川英子殺しに関してはニュースとして、九州地方に報道されませんでした。テレビでも、新聞でもです」

「東京地方で発生した単純な殺人事件だし、九州の人間にはいっさい無関係だったからだろう。九州地方では、ニュース性に乏しい事件だったわけだ」

「それに、福岡地方では深刻な水不足が、連日の大きなニュースになっていますからね。東京での当たり前な殺人事件なんて、ニュースからはじき出されてしまいます」

「沖圭一郎も八月五日に帰京してから、十津川英子が殺されたという事件を、新聞で読んで知ったと言っていたな」

「その沖圭一郎が自殺したというニュースも、九州地方では報道されていません」

「そうだ。事実、わたしが電話でそのことを連絡したとき、中丸マリはえって叫んだっきり、絶句しちゃったからね」

「そのあと、沖圭一郎の容疑が晴れたってことも、荒巻さんは中丸マリに電話で知らせてやったんでしょう」

「中丸マリが誰よりも苦にしたり、気にかけたりしているだろうと思ったんで、沖圭一郎には完璧なアリバイがあったことから容疑は晴れたって、詳しい事情を電話で知らせたんだ。わたしは沖の自殺に責任を感じていたし、せめて彼の無実を中丸マリに報告することで、少しでも罪滅ぼしになるだろうと思ったんでね」

荒巻は枝豆を、前歯で噛んでいた。

「ということを前提として、八月六日の例の電話の録音の内容を思い浮かべてみて下さい。その電話で沖圭一郎が、こう言うところなんですが……」

コップに残っているビールを飲んでから、御影はその部分を具体的に指摘した。

電話は沖圭一郎が中丸マリに、間もなく東京の刑事がそこを訪れると伝えることから始まり、彼はこのように擬装アリバイについて証言してくれと要求する。

それに対して中丸マリは、それはどういうことなのかと驚く。問題は、そのあとのやりとりなのである。

「……もし、あなたがそれを否定したら、ぼくは十津川英子殺しの犯人にされてしまいます」

「だからって、わたくしが嘘をつくんですか。会ってもいないあなたと、一緒にいたなんて……」

この中丸マリの受けとめ方に、不自然さが感じられるのだ。

沖圭一郎は何の説明もなしに、いきなり『十津川英子殺しの犯人にされてしまう』と、中丸マリに迫っているのであった。ところがマリは、そのことに関してまるで反応を示していない。

そこでは当然、逆に質問するというかたちで反応が表われなければならないのである。

かつて沖圭一郎と付き合いがあった岬恵子すなわち十津川英子の名前を、マリは当然、知っていたはずだった。だとすれば、マリはなおさらのこと、愕然としなければならない。

また、むかしのことでもあり十津川英子なる名前を瞬間的には思い出せなかったというのであれば、マリはそれなりの質問をその場でしなければならなかったのだ。

「十津川英子殺しですって……?」

「十津川英子って、むかしのあの岬恵子の十津川英子さんのことですか」

「あの十津川英子さんが、殺されたんですか!」

「十津川さんが、いつどこで殺されたんですか」

「どうして、あなたが十津川さんを殺した犯人に、されてしまうんです」

「なぜ、そんなことになるのか、もっと詳しく話して下さい」

中丸マリがこのような質問を、矢継ぎ早に放ってこそ、そこに自然な対話の流れというものを感じ取れるのである。

しかし、マリは驚きもせず、疑問を呈することもなく、質問もしていない。十津川英子殺しということに、何の関心も払わずに聞き流しているのであった。

そして、マリはすぐに『だからって、わたくしが嘘をつくんですか……』と、反論に転じているのだ。こうなると、この時点において中丸マリはすでに十津川英子殺害事件について詳しく知っていた、としか受け取れないのではないか。

「確かに、重大な発見だぞ。こいつは、大収穫といえるかもしれない」

うなるような声を、荒巻は息とともに吐き出した。

「しかし、だからって中丸マリを、犯人《ホシ》とするわけにはいきませんがね」

コップから溢れそうになったビールの泡を、御影は口を近づけてすすった。

「中丸マリは、福岡を一歩も離れていない。それに、犯人は女じゃないんだ」

悪酔いしたみたいに、荒巻の目はすわっていた。

「東京の人間が個人的に電話をして、十津川英子が殺されたことについて中丸マリに、詳しく知らせたんじゃないでしょうか」

「うん、ほかには考えようがない」

「誰がそんなことを、マリに知らせたんですかね」

「中丸マリに個人的な電話をかけるのは、亭主しかいないだろう」

「中丸議員ですか」

「一日に一度ぐらいは、マリのほうから亭主のところへ、電話を入れていたはずだ。亭主はたまたま東京で起こった殺人事件を話題にして、詳しいことを女房に聞かせたのかもしれない」

「いまの中丸夫妻に、そんな無駄話をしている余裕はないでしょう。マリのほうは岬恵子こと十津川英子を知っていても、中丸議員は十津川英子なんて知りませんよ」

「そうは、言いきれんぞ。中丸議員は民主クラブの小早川派の有力な若手メンバーだ。その小早川武市の番頭格の秘書の大出次彦と、十津川英子とは愛人関係にあった。つまり大出次彦を接点として、中丸議員と十津川英子のあいだには、具体的な接触があったかもしれないだろう」

「その点を、大出次彦に確かめてみるべきですね」

「明日、大出に会ってみよう」

「しかし、いくら何でも中丸議員やマリに、十津川英子を殺したりする動機はないでしょう」

池の水面へ、御影は視線を投げかけた。

「それに、清水初江の証言による呼び出し電話の相手は沖だった、という壁は依然として揺るがないんだ」

荒巻はタバコの煙を、池へ向かって吹き流した。タバコの煙は一瞬にして、拭き取られるように消えた。

御影は、右手の小指の爪を噛んだ。思索の空白に、またしても宝クジのことが浮かび上がった。五十万円、イソ万円——と、御影は口の中でつぶやいていた。

ふと、御影は考えることに一種の符合を感じて、目が覚めたような気持ちになった。

「荒巻さん、人間は相手の名前を、正確に呼ぶとは限りませんよ！」

すわり直すと同時に、御影は思わず声を張り上げていた。

「それが、どうしたんだ」

荒巻は、眉根を寄せた。

「自分が荒巻さんのことを、アラさんと呼んでもおかしくはない。十津川英子も一方的に決めた愛称のつもりで、その相手のことを彼女流に呼んでいた。それが、沖と聞こえる呼び方だったんじゃないんですか」

「少なくとも清水初江には、沖さん、沖先生と聞こえたんだが、十津川英子は誰のことをどんな呼び方で呼んだというんだ」

「相手は、中丸大樹だったんですよ」

「中丸議員……！」

「十津川英子は、中丸という姓は呼ばなかった。大樹という名前のほうなんです。正しくは大樹《たいじゅ》という音読みなんですが、十津川英子はそれを彼女流にいつも、大樹《おおき》という訓読みで呼んでいたんですよ」

「大樹《おおき》さん。大樹先生が、沖さん、沖先生と聞こえたのか」

「参議院議員なら当然、先生付けで呼ばれるでしょう。だから、十津川英子は常々、大樹《おおき》先生と呼んでいた……」

自分で解明しておきながら、御影はその結論に茫然となっていた。

「御影さん、こいつは大変なことになったぞ」

『お前さん』ではなく御影さんという呼び方をして、荒巻部長刑事は立ち上がっていた。

7

次の日は、早朝から夜まで、多忙を極めた。

御影警部補と荒巻部長刑事は、三食抜きで駆け回った。明日になれば、中丸夫妻が揃って帰京する。それまでには明確な答えを出しておかなければならないと、焦燥感が二人の尻をたたいたのであった。

肝心の動機というものが、はっきりしないのである。動機が明白にならなければ、参議院議員を殺人事件の参考人として取調べることも難しい。

中丸大樹が十津川英子を殺害し、彼女の電話番号のメモ帳を持ち去ったのだとすれば、その動機はおそらく脅迫される立場から逃れたかった、ということになるのだろう。

十津川英子が他人の弱みを握り、それをタネに脅迫じみた言辞を弄《ろう》していたということは、はっきりしているのである。中丸大樹も、その被害者のひとりだったのに違いない。

しかも、中丸大樹の場合はその取引に応じないと、致命的な被害をこうむるという重大な脅迫となったのではないか。

中丸大樹には、参議院議員という立場がある。

更に、参議院の改選期を、三ヵ月後に控えている。再選されることに自信のある中丸にしても、いまがいちばん危険なときなのだ。何としてでも、致命的な汚点を押しつけられることは、防がなければならない。

それを絶好のチャンスと見て、十津川英子は中丸を脅迫した。もし、十津川英子が数億円で手を打つという取引を申し入れたら、中丸も彼女を消そうと意を決することになるだろう。

選挙資金にも苦労しているのに、数億という金を捨てられるはずがない。それに、十津川英子の脅迫が、一度だけで終わるという保証はないのだ。

中丸大樹は、十津川英子に呼び出しの電話をかけた。人目につかないところで現金を渡したいと、中丸は英子に伝えたのである。中丸がみずから電話をかけてくれれば、それはもういい返事に決まっている。

それで英子は、電話に出たとたんに上機嫌になった。彼女は嬉しそうに大きな声で『あら大樹《おおき》さん、まあお珍しい方からのお電話だわ。お久しぶりねえ。大樹《おおき》先生』と言ったのである。

その大樹《おおき》を家政婦の清水初江は、高校時代の友だちと同じ名前の『沖』だと、決め込んでしまったのだ。

十津川英子はもちろん、喜んで呼び出しに応じた。

調布駅の南口で中丸大樹と落ち合い、英子は自分の車に彼を乗せて、人目につかない場所という注文に応じ、製パン工場の駐車場へ向かったのであった。

中丸大樹はそこで十津川英子を絞殺し、電話番号のメモ帳を奪い、徒歩で現場から立ち去った。

参議院議員の中丸がそうまでするからには、とことん追いつめられていたわけで、英子に握られていた弱みというのが、よほどのことだったと考えなければならない。

犯行当日の中丸議員の動きだが、彼は午前八時に元麻布の自宅を出ている。午前八時三十分に、虎ノ門にある民主クラブの党本部に姿を現わして、十一時まで国民運動本部の会議に出席していた。

党本部をあとにしたのは正午であり、中丸は秘書も連れずに単独行動をとっている。午後四時に中丸は、赤坂の小早川事務所に顔を出し、大出次彦が同行して料亭『菊富』へ向かった。『菊富』では午後八時まで、小早川武市と一緒だった。

問題はこの日の正午に党本部を出てから、午後四時になって小早川事務所に姿を現わすまでの四時間を、中丸がどこでどう過ごしたかである。

そのことについては、まず第一に中丸が単独行動をとっている、第二に目的地や行動をともにした相手を知る人間はひとりもいない、第三に中丸はあとになってもそのときの行動に関していっさい触れていない、とこの三点が明らかになった。

八月四日の午後の四時間は、あらゆる意味で十津川英子殺しの犯行に必要だった時間である。その四時間に限り、中丸の場合は完全に空白になっている。

つまり中丸大樹にはアリバイがないのだ。

もうひとつは大出次彦の証言だが、彼はやはり頼まれて十津川英子を、中丸大樹に紹介したということであった。紹介したのは去年の暮れであり、場所は小早川事務所がある赤坂のホテルのロビーだったという。

「わたし、むかしの伊吹マリさんを、よく知っていたのよ。いつかは中丸夫人になったマリさんにお目にかかって、懐かしい思い出話をしたいんだけど、その前に中丸先生にお会いしておきたいわ。お願いだから、中丸先生に紹介してちょうだい」

このように十津川英子から何度もせがまれていた大出次彦は、たまたまその機会を得たので中丸大樹に紹介したというのである。

残った問題は、ただひとつ――。

十津川英子に握られていた中丸大樹の弱みとは、いったい何かということであった。しかし、もともと極秘事項とされている人間の弱みというものを、想像だけで探り当てることは至難といわなければならないのである。

「これは、中丸自身の弱みじゃありませんよ」

御影は、そのように判断した。

「そうだ。十津川英子もむかしのマリをよく知っているということから、中丸議員に接近

「それに中丸は十津川英子を殺したことを、福岡にいるマリに電話で報告しています。中丸自身だけのことなら、すぐに殺人を女房に打ち明けたりはしないでしょう」

を図っているからな」

荒巻も、同意見であった。

「マリも事前に、そのことを承知していたんだ。十津川英子から脅迫されたことで、中丸夫妻は一緒に苦悩していたんだろう」

「すると汚点は、マリにあるんですよ。その汚点が同時に、中丸議員にとって決定的な弱みにもなった」

「マリのその汚点とは、沖圭一郎にもかかわり合いがあることだ」

「だからマリは、徹底的に沖との接触を避けたんです。沖がなぜアリバイの偽証を求めたのかということにしても、マリは何も思い当たらないと頑なに否定しました。その辺に、何かあるんだと思います」

「その汚点というのを探り出すには、どこから手をつけたらいいんだ」

「荒巻さん、六百万円ですよ」

「六百万円……?」

「十津川英子が、青木咲子に渡した六百万円です。その六百万円の出所は、ボーイ・フレンドから餞別として贈られたということになっていますが、その贈り主とは……」

「沖圭一郎か」

「荒巻さん、八年前の作曲家殺しについてもう一度、調べてみてはどうなんでしょうか。沖と英子の行動が、どうもうまくできすぎているような気がするんです」

「船田元が殺されたのは、八年前の二月十日だった」

「英子がそのことを経堂署に届け出たのは、翌十一日の夕方の五時だったんでしょう」

「更にその翌日の夜になって、経堂三丁目のアパートへ戻って来た沖圭一郎を、わたしが逮捕したんだ」

「うまく、できすぎているとは思いませんか。船田元を殺したあとの四十八時間を、沖はどこでどうして過ごしたのか」

「逃走資金が必要だからって、危険を承知でアパートへ戻ってくる。そこにも何か、作為らしきものが感じられるな」

「指名手配までされた殺人犯が、のこのこ自宅へ舞い戻ったりしますか」

「沖圭一郎は逮捕されることを計算のうえで、経堂三丁目のアパートの付近を歩き回っていた」

「十津川英子がもっと早くに、一一〇番に通報してもおかしくはなかった。それを翌日の夕方まで待って、経堂署へのんびり出向いていってます。これは、時間稼ぎだったとしか考えられません」

「沖圭一郎に四十八時間の余裕を与えるために、まずは十津川英子が時間稼ぎをしたんだ」

「その四十八時間のうちに、沖圭一郎は六百万円という金を作ったんです」

「六百万円を十津川英子に渡してから、沖圭一郎は逮捕されるためにアパートへ戻って来た」

「十津川英子が経堂署に届け出たことを知らされたとき、友情も通じない恩知らずめ、裏切者は犬畜生だと、沖圭一郎は怒り狂ったそうですが、それもかなり芝居じみているという気がしませんか」

「こうなってみると、確かにそんなふうに思えてくる。何もかも、うまくできすぎているよ」

「間違いありませんよ、荒巻さん」

「四十八時間のうちに、六百万円を工面するとしたら……」

「確かな品物を、安売りする以外に方法はないでしょう」

どこへでもいいから、走り出したいという気持ちに、御影はなっていた。

「よし、やってみよう」

荒巻は両手を握りしめると、ポキポキと十本の指の関節を鳴らした。

沖圭一郎が都下の清瀬市に所有していた百坪の土地を、八年前の二月十二日に手放していることを突きとめたのは、翌日の午後一時すぎであった。

果たして沖圭一郎は事件当夜に、すでに経堂三丁目のアパートへ帰って来て、土地の権利書や実印を持ち出しているのだった。翌日と翌々日の二日間を費して、沖圭一郎は必要書類を揃えたうえで、清瀬市の不動産業者と売買の手続きを終えたのである。

それより五年前に沖自身が購入した土地だが、当時の時価で二千万円はしたという。それを沖圭一郎は、即金という条件つきだが、六百万円で売り払ったのだった。

その不動産業者は、直後に沖圭一郎が逮捕されたことを知った。だが、いかなることがあってもこの売買については、警察へ届け出たりはしないという約束が、沖圭一郎とのあいだで交わされていた。

それに、これほどうまい買物はないという悪質不動産業者の思惑もあって、そのまま知らん顔を決め込んだのである。

もちろん、沖圭一郎も極秘の取引に必要な六百万円だったので、そのために土地を売ったことを、警察で供述するはずはなかったのだ。

六百万円の現金は、沖圭一郎から十津川英子の手に渡った。十津川英子は母親を預かってもらう代償として、六百万円の現金を従姉の青木咲子に贈り、みずからは一ヵ月後に二度と帰らないつもりで日本に別れを告げたのであった。

御影警部補と荒巻部長刑事は、大手町の東都ホテルへ急行した。

南調布署の捜査一係長。野中警部もそれに同行した。東都ホテルについたのは、午後三時であった。

東都ホテルの『鳳凰の間』では、民主クラブの政経文化パーティが開かれていた。ひとり五万円の会費で、二千人が集まっているというから、選挙資金獲得には心強い限りだろう。

パーティは午後一時から、三時までとなっている。もう出席者の大半が帰ったあとであり、残っているのは密談をする連中と、主催者側の役員だけであった。

三人の刑事は、来賓控室で中丸マリと顔を合わせた。来賓控室はご用ずみで、ほかに出入りする者はいなかった。

昼間の堅苦しいパーティであり、出席者は平服でという断わりもある。今日も中丸マリは、白いスーツに身を包んでいた。ただ髪型とメイクアップが決まっているので、マリの美貌は一段と艶《あで》やかになっていた。

しかし、三人の刑事の視線を浴びたとき、マリの表情が凍りついたように固くなった。恐怖に直面した女という役どころを演ずるスター伊吹マリの演技を、見ているような気がした。

化粧のために、外見は仮面と変わらない。だが、その化粧の下でマリの顔色は、失われているのかもしれなかった。

マリは、無言だった。

三人の刑事も、黙って突っ立っている。

来賓控室は、楕円形のテーブルを、椅子が囲んでいるだけであった。ほかにアーム・チェアが、壁に沿って並べてある。やたらと椅子の多い部屋だった。

そこへ、中丸大樹がはいって来た。水色のスーツに、同系色のワイシャツとネクタイであった。

刑事たちの姿に気づくと同時に、中丸大樹の顔から笑いが消えた。ほんの一瞬だったが、着ているものの色が映えたように、中丸大樹の顔が青ざめた。

野中警部が近づいていって、中丸大樹に名刺を手渡した。だが、中丸は野中係長の名刺を、見ようともしなかった。警察の人間だとわかっていれば、それで充分ということなのだろう。

「こんなところまで押しかけてくるなんて、どういう用があるのか知らんが、無礼だとは思わんかね」

中丸大樹は、刑事たちをにらみつけた。居丈高になっているのは、現職の参議院議員であることを意識しての威嚇《いかく》であった。

「中丸先生、十津川英子殺害の事実を、お認めになりますか」

御影警部補が言った。

「何だと……！」

中丸大樹は、怒声を発した。独特な低音が、裏声になっていた。

「奥さん、あなたは女であっても、人間ではありませんね」

御影はマリの姿に、冷ややかな視線を突き刺した。

マリは顔を伏せたまま、凝然《ぎょうぜん》と動かずにいた。

8

八年前の二月十日――。

作曲家の船田元は、沖圭一郎を伊豆大室山の山麓にある別荘へ招待した。

船田元には、二つの狙いがあった。

そのひとつは、沖圭一郎の作詞による『そのとき』に自分が曲をつけて、伊吹マリに歌わせることだった。

ただし、『そのとき』をどうしても、船田元作詞・作曲にしたかったのである。すでに作曲を終えた船田元は、楽譜にも作詞、作曲ともに『船田元』と書き込んでおいた。

そのことについて、沖圭一郎と話をつけなければならない。かなりの額の金を支払って、沖圭一郎から『そのとき』の詞を買い取ろうという考えで、船田元はいたのに違いない。

船田元はそうした話し合いをするために、沖圭一郎を伊豆の別荘へ招いたのである。

もうひとつの船田元の狙いは今後、歌手としての伊吹マリと組むことであった。

それにはまず、伊吹マリを沖圭一郎から引き離さなければならない。同時に、伊吹マリを自分の意のままに動くスターにする必要があった。

方法は、簡単だった。伊吹マリと、肉体関係を持つことである。このところ船田元の誘いを拒んだ歌手や歌手のタマゴは、ひとりもいない。

伊吹マリにしても、拒みきれないだろうと、船田元には奇妙な自信があった。もちろん、そのような計算を抜きにしても、伊吹マリの容姿に魅せられた船田だったのだ。

沖圭一郎は用事を片付けてから、泊りがけで別荘へくることになっている。別荘につくのは、夜の十時ごろになるという。

それなら、せめて伊吹マリだけでも早い時間から別荘で寛《くつろ》いでいればいいと、船田元は彼女を自分が運転する車に乗せて、ひと足先に伊豆へ向かった。

別荘にいるのは船田ひとりだけではないと思うし、あとから沖圭一郎がくるという安心感もあって、伊吹マリは先発することを承知したのだった。

別荘についた。

だが、別荘にはほかに、誰もいなかった。マリは気まずさを覚えながら、船田と二人だけの時間を過ごした。

八時ごろになって、船田は油断したマリに隙を見出して、彼女を抱きすくめた。驚きながら、マリは必死になって抵抗した。

十八歳のマリは、まだ処女であった。

そのうえ、姉の遺言によってその義務を課されたとはいえ、マリには沖圭一郎という将来の夫がいる。

マリの激しい抵抗は、当然のことであった。そのマリの手強《てごわ》さは予想外だった船田だが、こうなったからには強姦というかたちだろうと、目的を遂げずにはいられなかった。

船田は力によって、マリという処女を征服した。だが、それだけではものたりずに、船田は再度マリに挑んだのである。浴室で出血の始末をしているマリに、船田は襲いかかったのだ。

マリも二度と屈服しまいと、狂ったように抵抗する。激しく突き飛ばされた船田は転倒し、タイルの壁に後頭部を打ちつける。酔っていただけに激突となり、船田は脳震盪《のうしんとう》を起こして気を失う。

マリは船田のガウンのヒモを抜き取ると、彼の首にそれを巻きつけて引き絞った。無我夢中で、何分間かマリはそのままでいた。気がつくと、船田元は絶命していた。

そこへ、沖圭一郎が到着した。

十津川英子が一緒だった。

十津川英子は一ヵ月後に、ブラジルへ渡ることになっていた。だが、英子は大きな悩みをかかえて、進退極まっていたのだった。母親のことである。

オスカル・ロメロは、英子ひとりだけをブラジルへ連れて帰るつもりでいる。英子の母親のことまでは、責任を持ちたがらない。そうなると英子は、母親を日本に残していかなければならなかった。

英子の血縁者に頼むとなると、従姉の青木咲子しかいない。その青木咲子にしても、赤の他人を預かるのも同じなのだから、まとまった金を渡さない限り、引き受けてはくれないだろう。

この日、英子はそうした悩み事の相談に乗ってもらいたくて、沖圭一郎に会いに来たのだった。ところが、沖圭一郎はこれから、船田元の別荘へ行くという。

英子も船田に、別れの挨拶ぐらいしておきたかった。それならばこれから一緒に船田の別荘へ行こう、ではわたしの車に乗っていけばと、沖圭一郎は英子とともに伊豆へ向かったのであった。

だが、船田の別荘では思わぬ悲劇が、待ち受けていたのである。

このままでは、清純派スター伊吹マリの一生は、闇の中に埋もれることになる。しかし、ここでもし沖圭一郎が身代わりとなれば、マリの今後も未来もこれまでとまったく変わらずに、咲き誇った花でいられる。

マリのことをよろしくお願いします、というアキの遺言を沖圭一郎は思い出した。マリはアキの分身として、やがて自分の妻となるのだ。いや、アキの危難として、何とか救い出さなければならない。

これは無知な献身でもなければ、無意味な犠牲的精神でもない。アキへの供養のために、その分身として自分の妻になるマリを救うために、やらなければならない義務だと、沖圭一郎は決心したのである。

沖圭一郎はその瞬間から、船田元殺しの犯人になったのだ。

船田元を裸にして、情交の痕跡を洗い落とし、浴室に転がした。あとは遺留品として、ライターを残していくぐらいの小細工で充分であった。

絶対的な証人として、十津川英子を目撃者にすれば、擬装がそのまま真実となってしまうのである。

十津川英子は六百万円という報酬で、協力者となることを承知した。そして、その後はすべて手筈どおりに、事を運んだのであった。

懲役八年という一審判決に、沖圭一郎は服した。彼の出所を待って、マリは結婚するつもりでいた。とりわけて約束はしなくても、そうするのが当然だったのである。

だが、マリはやがて若手参議院議員の中丸大樹と相思相愛の仲となり、沖圭一郎が服役して五年後に芸能界を引退、結婚して二児の母となった。

しかし、こういう結果になろうとも、十津川英子さえ帰国してこなければ、悲劇は最小限度に食いとめられたはずだった。

英子自身にしても、永久に帰ることのない日本だと思えばこそ六百万円の報酬で、殺人犯のすり替えを偽証するという罪ある大役を、引き受けたのであった。

そこに、人間の運命というものの恐ろしさがある。ブラジル永住の夢破れ、オスカル・ロメロと離婚した英子は、帰国するとともにままならない日々を送るようになった。

そうした英子が、かつての伊吹マリが参議院議員の中丸大樹夫人におさまっていることを知ったとき、これは金の成る木になると小躍りしたとしても不思議ではなかったのである。

「これで沖圭一郎がどうして、ありもしないアリバイの偽証を奥さんに迫ったのか、その理由もはっきりするわけです」

御影は、表情のない顔で言った。

中丸大樹は、アーム・チェアに腰を深く落としていた。彼は大きく見開いた目で、天井の一点を凝視している。

マリはテーブルを囲んでいる椅子のひとつに、背をまるめてすわっていた。両手をテーブルのうえに置き、うなだれるように頭を垂れている。

そんな夫婦を野中係長と荒巻が、突っ立ったままで見守っていた。二人の刑事の顔には、感情らしきものが表われていなかった。豪華な部屋は荒涼たる風景の一部となり、冷えきった空気に真夏の輝きは死んでいた。

「十津川英子殺しの犯人にされてしまうと沖圭一郎が言ったとき、あなたはすでにその事件については知っているということを、受け答えに示してしまった。当然、沖圭一郎もそのことに気づいた。そして彼にははっきりと、十津川英子殺しの真犯人は中丸大樹氏だと察しがついた。そこで沖圭一郎はいっそう、最後の賭けとして最後の言葉を付け加えたくなったんです。奥さん、わかりますか」

御影はテーブルの縁に手をかけて、マリのほうへ乗り出すようにした。

マリは無言だったし、うなずきもしなかった。

「人殺しなどしたこともない沖圭一郎、彼の犠牲的行為によって一生を救われた殺人者のマリ、そして十津川英子を殺している中丸大樹という人間関係にあって、マリは沖圭一郎を取るか、それとも中丸大樹を選ぶか。それに沖圭一郎は、最後の賭けをぶつけてみたんですよ」

御影は、テーブルをたたいた。

だが、マリは身動きすることもなかった。

「あまり恵まれなかったぼくの人生ですが、せめてその残りぐらいは、あなたの手で救ってもらいたい……。この沖圭一郎の訴えかけに、彼の人生のすべてがこめられていたんです」

　御影は、溜息をついた。

「わかっております」

　ようやく、マリの声が応じた。

　マリは、俯《うつむ》いたままであった。

「沖圭一郎はただの一言も、あなたに対してそれが当然の義務だとか、恩を忘れたのかとか、裏切ったとか、人殺しのくせにだとかいうことは、口にしませんでしたね」

「はい」

「それはただ、彼があなたの真心というものを、知りたかったからなんですよ」

「はい」

「しかも、沖圭一郎にはあなたにどんな仕打ちを受けようと、八年前のあなたの船田殺しや、中丸氏の英子殺しをバラしてやろうなんて気持ちは、まったくなかったんです。事実、彼は何も口外せずに、みずからの命を絶ちました」

「はい」

「わたくしには、とてもできません。主人に迷惑をかけるようなことは、とても無理です。やめて下さい、お願いです。わかって下さい、沖さん……。この奥さんの言葉によって、沖圭一郎は完全に敗北したんです。最後の賭けに負けた彼は、死ぬより仕方がなかったんです」

「圭一郎さんにとっては、そのほうがよかったんだと思います……」

「そのほうがとは……」

「死んだほうが、という意味です」

「奥さん、あなたって人は……。その冷酷さ、非情さ、エゴイズムを、人間として恥ずかしいとは思わんのですか」

「圭一郎さんは、天国にいる姉のところへいったんです。それが、いちばんいいんです。圭一郎さんと姉は、たとえあの世だろうと、一緒にいたほうがいいんです。そういう二人なんです」

「うまい逃げ方をしますね、奥さん」

「いいえ、ほんとうにそうなんです。圭一郎さんは自殺される日まで、姉のために生きて来たんです。圭一郎さんがどんなことをしようと、結局は姉のためにやっているんです。そして姉が死んだときから、本物の圭一郎さんも死んでいたんです」

「法律には、一事不再理の原則というのがあります。八年前の船田元殺しに関しては、沖圭一郎に対して有罪の確定判決があり、彼はすでに服役を終えていて、そのうえ死亡しています。したがって、一事不再理の原則により多分あなたは、船田元殺しの罪で公訴を提起されることはないでしょう。しかし、十津川英子殺しにおいては、中丸氏とともにあなたも罪に問われるはずです」

「わかっております」

「いま、あなたは後悔していませんか」

「はい」

「後悔していないんですね」

「まったく、していませんわ。圭一郎さんは、もしもお前が振り向いたら、という走り書きを残して自殺したと聞きましたけど……」

「そのとおりです。彼の作詞による〝そのとき〟の詞の一部ですから、もしもマリさんが振り向いていたら後悔せずにすんだことだろうにと、沖圭一郎は言いたかったんでしょうね」

「だとしたら、圭一郎さんの考え違いだったということになります。いまも申し上げたように、わたくしはまるで後悔なんてしておりませんものね」

　と、マリは顔を上げた。

「どうして、後悔しないんですか！」

　ついに耐えきれなくなって、御影は怒鳴った。

「十津川英子が主人に五億円を要求して来たとき、彼女はわたくしが人殺しだったことを、もちろん主人にぶちまけました。そのとき主人は初めて、わたくしの恐ろしい過去を知ったんです。でも、主人はわたくしを責めたり、離婚話を持ち出したりもしませんでした。それればかりか、お前の罪まで愛してしまっていると、主人は言ってくれたんです。そのとき、どんなことがあっても主人についていこうって、わたくしは決心しました。ですから、わたくしに後悔することなんてありません」

マリの目に、暗さは感じられなかった。笑ってはいなかったが、マリの顔は輝くように美しかった。処刑を前にして、なお神を賛美する殉教者を連想させた。

もう口をきく者もなく、静寂があるひとつの人間の戦いの終わりを告げていた。そして、あとに残ったのは、二つの言葉だけであった。

もしも、お前が振り向いたら。

お前の罪まで、愛してしまっている——。

三日後になって御影正人は、家の中でいつもはいているスリッパの裏に、半ばすり切れて貼りついていた宝クジを発見した。しかし、五十万円当選の番号とは、下ヒトケタが3と8の違いになっていた。

（了）

Closing

有栖川有栖

※本編を読了後にお読みください。

講談社ノベルス版には、こんな〈著者のことば〉が付いていた。

〈（前略）トリックには、作中の犯人が作中の刑事をだますそれと、筆者自身が読者をミスリードするトリックとがあるが、その両方が融合することは滅多にない。この作品は、そうした試みが成功した珍しい例だと、ひそかに自負しているものだ。私が仕掛けた二重のトリックを堪能《たんのう》していただきたい。〉

作者自身によって、要領よく言い尽くされているではないか。ここまで事前に読者に伝えるか。

読者をミスリードするのは、アガサ・クリスティが得意とし、その後に大いに発展していった技法だ。笹沢は正面切ってミステリ論だのトリック論だのを語ることが少なかったが、頭の中に素晴らしく整理の行き届いたデータベースがあったことは疑いない。

「前章　アリバイ崩し」を膨《ふく》らませたら、それだけで長編ミステリになりそうだ。九州へ、北海道へと舞台がジャンプするので、ローカル色を描いて読者にサービスもしている。

しかし、どれだけ筋の通った推理を披露《ひろう》しても「残りのページ数からするとこれはダミーの解決にすぎず、真相ではないな」と読者が察してしまうのは防ぎようがない。荒巻が犯人とにらんだ沖圭一郎の偽装アリバイが崩れ、沖が罪を認めるかのような自死を遂げたとしても、事態がひっくり返ることは予想できる。

沖にはちゃんとアリバイがあったと判った瞬間、「ほら、きた」と思った方は多いだろう。ミステリファンには「ほら、きた」でも、作中の刑事らにとっては取り返しのつかない大失態であり、恐ろしい展開だ。と同時に、新たな謎が押し寄せてくる。

真のアリバイを持つ沖が、どうして別のアリバイを偽装しなくてはならなかったのか？　死を選ぶことで彼は何を隠そうとしたのか？　捜査方針が誤っていたというだけではなく、謎が劇的に姿を変え、深まっていく。

秘密が少し暴かれ、謎が徐々に解けていくプロセスを追うのは面白い。が、ミステリを読んでいてたまらないのは、謎の在り方が変化する時だろう。

新たな謎は荒巻たちを悩ませるだけではなく、手掛かりも与えてくれる。沖が命に代えても守ろうとしたものは何か、と考えた時、それまで見えなかったもの＝ドラマが見えてくる。笹沢は、まずそのドラマ（いかにもこの作者らしい哀切な悲劇）の着想を得て、結末で読者を驚かすミステリになるように形を整えていったのだろう。

トリックの核心となるのは沖圭一郎の特殊な立場だ。絶望の底に沈んだ彼は「いつでも死ねるという心境」に至り、真のアリバイがあるがゆえに自分を「最悪の立場」「決定的な容疑者」にすることを微塵《みじん》も恐れる必要がなくなった。この無敵の状態がとんでもない謎につながる。

沖が取った行動を見破るだけでも困難なのに、作者は彼の哀《かな》しい物語の裏に意外な犯人を張りつけた。捜査陣も読者も翻弄《ほんろう》されるしかない。何枚もの鏡を作って、トリックを何度も屈折させて不思議な絵を描いたようなミステリである。

「そういうことなら前章でダミーの解決に使うアリバイ崩しが要るな」とトリックを考案し、装着したのか——と創作過程に想像を巡らせるのは簡単だが、実際に書くのはとんでもなく骨が折れるだろう。

プロットを組み立てながら、事件の関係者たちの人物像ができていく。そして、どこかの時点で「もしもお前が振り向いたら——」という〈聖像〉に寄せた歌が生まれ、その歌い出しがタイトルに採用される。

作者が好んでよく使った言葉で言うなら〈宿命〉と評するしかない。後ろ姿を見せたままの聖像がついに振り向かないことは、あらかじめその歌で示されている。

この作品は1988年3月刊講談社文庫を底本としました。

本作品はフィクションであり実在の個人・団体などとは一切関係がありません。

なお、本作品中に今日では好ましくない表現がありますが、著者が故人であること、および作品の時代背景を考慮し、そのままといたしました。なにとぞご理解のほど、お願い申し上げます。


（編集部）

徳間文庫

有栖川有栖選 必読！ Selection 9

後《うし》ろ姿《すがた》の聖像《せいぞう》

もしもお前が振り向いたら

2023年2月15日 初刷

著者 笹《ささ》沢《ざわ》左《さ》保《ほ》

発行者 小宮英行

発行所 株式会社徳間書店

東京都品川区上大崎三―一―一 〒141―8202
目黒セントラルスクエア

電話 編集〇三(五四〇三)四三四九
販売〇四九(二九三)五五二一

振替 〇〇一四〇―〇―四四三九二

印刷
製本 大日本印刷株式会社

ISBN978-4-19-894826-9 （乱丁、落丁本はお取りかえいたします）